Gerth Haase

SANTA CLAUS IM ALTERSHEIM
die Notlandung
in der Seniorenresidenz

**Weihnachten im Altersheim
mit Wünschen, Hoffnungen,
Erwartungen und auch Enttäuschungen**

Foto Umschlagseite: Gerhard Voss "Krippe Maria und Josef"

Bibliografische Information der Deutschen Nationalbibliothek:

Die Deutsche Nationalbibliothek verzeichnet diese Publikation in der Deutschen Nationalbibliografie; detaillierte bibliografische Daten sind im Internet über http://dnb.dnb.de abrufbar.

© 2015 Name des Autors/Rechteinhabers:
Gerth Haase

Illustration: Gerth Haase

Herstellung und Verlag: BoD – Books on Demand, Norderstedt

ISBN 978-3-7386-5168-3

Inhaltsverzeichnis:

SANTA CLAUS IM ALTERSHEIM

1. Guten Morgen Santa   **7**

2. Er hatte nun mal nicht mehr die sportlich durchtrainierte Baseballspieler-Figur   **17**

3. Ein hoch technisierter Santa-5000   **27**

4. Das ist kein Altersheim, das ist der Wartesaal für die letzte Reise   **38**

5. Was macht ein Weihnachtsmann eigentlich im Sommer   **51**

6. Es sollte ein Erlebnis werden, das sich tief in dessen Gedächtnis einbrennt   **62**

7. Während die Wichtel in kurzen Hosen herumlaufen, muss der arme Santa in seinem Wollmantel schwitzen   **75**

8. Ein Kavalierstart mit
quietschenden und qualmenden Kufen **86**

9. Es war doch ein Kollege, der
genauso einen großen Sack schleppte
wie Santa **96**

10. GdW, die Gewerkschaft der Elfen
und Wichtel räumt das legitime Recht
ein, Urlaub zu machen **105**

11. Eine Sightseeingtour mit
schwindelerregendem Ausblick
über eine illuminierte Stadt **115**

12. Die Ü-sechzig Party **127**

13. Leise rieselt der Schnee,
mir tut's schon im Auge weh **137**

14. Schließlich bin ich
der Weihnachtsmann **145**

SANTA CLAUS IM ALTERSHEIM

1. Guten Morgen Santa

Es klingelte. Langsam drehte er sich zur Seite und riss mit aller Macht sein linkes Auge auf. Zuerst nur undeutlich erkannte er die rot leuchtenden Ziffern des Digitalweckers, doch als er auch das zweite Auge zu Hilfe nahm, wurden die Ziffern deutlicher. Es war genau sechs Uhr. Eine der beschissensten Tageszeiten, die es überhaupt gab, zumal man um diese Zeit noch müde ist. Sie ist eine undankbare Erscheinung, die dafür sorgt, dass man sich aus dem kuscheligen warmen Bettchen hervor quälen muss.

Im Zimmer war es überall herum dunkel. Kein Wunder es war Dezember, der letzte Monat in einem normalen Haushaltskalender. Ein Monat, wo die Tage kurz sind und die Nächte lang, wo sich die Sonne von der nördlichen Halbkugel abneigt und die Atmosphäre abkühlt. Ein Monat mitten im Winter. Eine Jahreszeit, in der man sich schlapp und Müde füllt. Wenn morgens um acht Uhr der Himmel lilafarbig leuchtet und bereits nachmittags um vier Uhr sich wieder verdunkelt, dann hat man das Gefühl, dass die Tage sich dehnen wie

Kaugummi. Acht Uhr morgens kommt einem vor, wie fünf Uhr in der Früh und drei Uhr nachmittags wirkt, wie sieben Uhr abends.

Langsam streckte er seinen Arm aus, um mit einer kurzen Berührung die Touch-me-Lampe anzuschalten. Sofort wurde er durch das gleißende Licht seines Seevermögens beraubt und es dauerte schon einige Sekunden, bis sich die Augen an die Lichtverhältnisse gewöhnt hatten.

Schwungvoll richtete er sich auf, saß auf dem Rand des Bettes und dachte darüber nach, welcher Tag denn wohl heute sei. Es war der Tag der Wintersonnenwende, die längste Nacht des Jahres. Sie wurde schon in den verschiedensten Kulturen gefeiert. Auch die heidnischen Germanen feierten diesen Tag, das Geburtsfest der Sonne. Sie zündeten Räder an, die die Sonne darstellen sollten, und ließen sie einem Abhang herunterrollen. Den Seelen der Verstorbenen waren sie geweiht, da sie glaubten, dass sie zurückkehren würden.

Die Wintersonnenwende war auch der Beginn der sogenannten wilden Jagd, den zwölf Rauhnächten. Odin der Göttervater brauste mit einem Totenheer in diesen Nächten umher, um die toten Seelen herbeizurufen und um eine neue und fruchtbare Phase willkommen zu heißen. Man feierte den Tod des alten Jahres und die

Geburt des neuen Jahres. Nach diesem kürzesten Tag des Jahres nimmt die Kraft der Sonne wieder zu und die Tage werden länger.

In Schweden wird die Wiedergeburt der Sonnengöttin Lucina bejubelt. Traditionell wird es noch heute mit einem großen Lichterfest gefeiert. Ihr zu Ehren werden Kerzen angezündet, die als das Symbol des Lichts und des neuen Lebens angesehen werden.

Heute Mittag steht die Sonne so tief am Horizont, wie an keinem anderen Tag des Jahres.

Mit den gespreizten Fingern seiner rechten Hand fuhr er durch sein zersaustes Haar. Dann nahm er seine Brille vom Nachtschrank und betrachtete sie. Sie ist schon alt, sehr alt. Aber was erwartet man von einem altehrwürdigen Mann …, eine Carrera Sportbrille? Eine Ray Ban, Escada, Enjoy oder Dolce & Gabana? Die meisten Leute tragen am liebsten eine unauffällige Sehhilfe, ein kostengünstiges Gestell, was meistens nach sich zieht, dass sie unmodisch und auch alt aussehen.

Dabei weißt doch jedes Kind heutzutage, dass alte Leute eine Brille brauchen. Meistens zum Lesen, denn mit dem Alter kommt die Altersweitsichtigkeit, und nicht mal der schlafbedürftige, auf dem Bettrand sitzende Mann kann sich diesem Übel entziehen.

Er trägt eine klassische Brille mit randlosen halben Gläsern und einem dünnen Metallgestell. Eine typische, unauffällige Lesebrille, die tief auf der Nase sitzt, sodass man nur zum Lesen durch sie durchschaut und sonst über den Brillenrand hinweg sieht.

Mit dem Zipfel des Bettlakens fing er erstmal an, die Gläser zu polieren. Ein Kurzes anhauchen und ein gründliches Reinigen entfernt Reflexionen und verleiht jeder Brille einen besseren Sehkomfort. Dann stand er auf und ging ins Badezimmer.

Im Bad, nach dem Duschen, wirft er meistens das Handtuch auf den Boden und wundert sich, dass es am Abend immer noch da liegt. Das liegt wohl daran, dass niemand da ist, der hinter ihm alles hinterherträgt. Dann der Blick in den Spiegel, der ihm verriet, das da ein Mann um die fünfzig steht.

»Was für ein Alter«, murmelte er. »Kein unterschied mehr zwischen Himmel und Erde.«

Ja, alle sieben Jahre häutet sich die Seele eines Menschen, sagt man. Manche ändern sich und brennen durch, andere schmeißen dem Chef die Papiere vor die Füße, lernen

Fremdsprachen und behaupten Liebe sei ein Recht und nicht mehr als Geschenk zu sehen.

Fünfzig sein ist schon seltsam, die Halbzeit ist schon lange vorbei. Das Leben passt nicht mehr auf einen Bierdeckel. Doch wer Glück hat, der schläft mit seinen Zähnen noch nicht getrennt, braucht zum Rasieren keine Stunde und die Wahl der Klamotten, verbunden mit dem stundenlangen herumstehen vor dem Kleiderschrank, entwickelt sich noch nicht zu einem Monumentalfilm wie "Ben Hur".

Auch das Einkaufen von Lebensmitteln nimmt nicht mehr Zeit in Anspruch wie ein Fußballspiel mit Verlängerung und Elfmeter schießen, einschließlich der Siegesfeier.

Fünfzig ein Alter, wo der Hüftschwung schon ein bisschen gedämpfter aussieht.

Er betrachtete die Behaarung in seinem pausbäckigem Gesicht und strich liebevoll mit der flachen Hand über den Rauschebart, der ihm bis zum Brustbein reichte und damit den Halsbereich unsichtbar machte.

Er ist schon seit Langem weiß ergraut, da die Pigmentierungen der ehemaligen Farbe in den Bartwurzeln nicht mehr vorhanden sind. Dennoch liebte er seinen Bart, der sich leicht lockig um den Mund, am Kinn und an den Wangen verteilte. Wundervoll passt er zu seinem immer faltiger werdendem Gesicht, das wiederum Geschichten erzählen kann, die sich aber in den Falten vergraben haben.

Um sich jünger zu fühlen, könnte man auch große Teile des Mittelalters verschwinden lassen, die Falten straffen, das Fett absaugen, die Tränensäcke und die inzwischen beachtlich angewachsene Wampe, die wie eine bevorstehende Zwillingsgeburt aussieht, wegoperieren lassen. Doch manche Frauen meinen, das Fett nicht nur ein Geschmacks-, sondern auch ein Liebesverstärker sei. Sie prahlen damit, dass man beim Fernsehen so schön weich auf so einem dicken Bauch liegen kann.

Männer hingegen versuchen ihre prall gefüllte Fleischkugel dahin zu verbergen, dass sie ihre Hemden jetzt immer über der Hose tragen, anstatt gestopft im Hosenbund. Meistens tragen sie auch nur noch ein und dieselbe Hose, weil bei den anderen der oberste Knopf nicht mehr zugeht. Außerdem hassen sie Shopping wie ein Vampir die Knoblauchzehe.

Unser kleiner dickbäuchiger hingegen reagiere anders. Er akzeptiert seinen Bauch. Er wird ihn niemals kritisieren und schon gar nicht ignorieren. Dafür trägt er eine Hose mit Rundum-Gummibund, die ihm viel

Freiraum lässt, die nicht kneift und auch nach längerem Tragen nicht unbequem wird. Zuhause hat er meistens Schlupfhosen an, sogenannte Wohlfühlhosen, die sich durch die Dehnbünde elastisch und bequem nach allen Seiten strecken können.

Aber wie sagt man im Volksmund: Ein Mann ohne Bauch ist wie ein Haus ohne Balkon.

In der Küche suchte er vergeblich nach dem netten Koch, der ihm das Omelett zubereitet oder nach dem opulenten Buffet, das nirgends vorhanden ist. Naja dann gibt es eben wie jeden morgen nur Toast.

Langsam wurde es Zeit, dass er sich auf seine Arbeitsleistung vorbereitet. Im Gegensatz zu vielen anderen die über hundert Kilometer auf der Autobahn pendeln, die stundenlang im Stau stehen oder die, die in der U-Bahn noch eine dreiviertel Stunde vor sich hin dösen können, hat er das Glück nur aus seiner Wohnungstür hinauszugehen und schon war er in der Werkstatt, wo der Kaffee dampfend auf mich wartete. Sein Zuhause befindet sich nämlich direkt auf einem Betriebsgelände, einer Fabrik, die sich mit der Produktion und Weiterverarbeitung von Gütern beschäftigt.

Als sogenannter Betriebsleiter und als ein Teil des obersten Managements, muss er ein gutes Organisationstalent haben, muss planen, steuern und überwachen können und die grundlegendsten und wichtigsten Abläufe überwachen. Darüber hinaus ist es seine Aufgabe, die technische Entwicklung aller Abteilungen zu kontrollieren, die Wartung der Technik im Auge zu behalten. Außerdem ist es sein Job Dienstanweisungen an neue Voraussetzungen anzupassen, wenn sich zum Beispiel Gesetze ändern. Zu überprüfen, ob diese Anweisungen schließlich eingehalten werden, ist ebenfalls seine Angelegenheit. Überdies muss er auch die wirtschaftlichen Aktivitäten koordinieren können, das Treffen personalpolitischer Entscheidungen, nämlich wie viele Mitarbeiter in welchem Arbeitsgebiet benötigt werden und wer für welche Aufgaben bestens prädestiniert ist.

Eine verantwortungsvolle Aufgabe, die ein großes Maß an praktischer Erfahrung und Know-how erfordert, um hier Produkte in großen Stückzahlen und mit der geforderten hohen Qualität wirtschaftlich herstellen zu können.

Langsam schlüpfte er in seine schwarzen mit Fell gefütterten Stiefel, zog sich einen langen flauschigen, weichen Mantel über sowie eine Mütze, die sich Monochrome mit seinem Mantel deckte.

Dann verließ er seine Wohnung und kaum hatte er seine Wohnungstür geöffnet, da fing auch schon der Krach an.

Aus einer angrenzenden Tischlerei war das wiederholte Quietschen der Kreissäge zu hören. Ein Geräusch, als wenn ein kaputter Düsenjet mit letzter Kraft versucht, mitten in der Halle zu landen.

Verhallt das Geräusch der Kreissäge, ist der Bandschleifer zu hören. Er ist für die Schleifarbeiten an rauem Holz zuständig, um einen raschen Materialabtrag zu garantieren. Sein Eklat hört sich an, als wenn man mit einem Stück Kreide über die Oberfläche einer grün emaillierte Schultafel fährt.

Neben der Tischlerei wurde gehämmert, geklopft und, genagelt. Hier wurden einzelne Teile in sich zusammengefügt. Die einfachste und schnellste Verbindung ist das Nageln. Doch wenn es von Dauer und dazu noch schön aussehen soll, dann erfordert es viel handwerkliches Geschick, Geduld und Sorgfalt.

Aus der Schmiede sprühen Funken aus der mit brennender Steinkohle gefüllten Esse heraus. Eine Feuerstelle mit einem Abzug und einer zusätzlichen blasebalgähnlichen Luftzufuhr, die zum

Erwärmen von Metallteilen beim Schmieden dient. Anschließend ein schwerer Schlag, eine Helles klirren. Ein Geräusch, das einst zu den lautesten gehörte, heute nur noch Romantik verbreitet, wenn man mit dem Hammer auf einen Amboss schlägt, um das glühende Metall in eine gewünschte Form zu bringen.

Von überall dröhnt es her, von motorisch angetriebenen Werkzeugen sowie von manuellen Arbeitsvorgängen.

Eine kleinere Gestalt kam aus der Tischlerei, ein Bub, ein Knabe oder gar ein Zwerg Nase. Auf seinen buschigen Augenbrauen und auf seinem Schnurrbart lagerten soviel Sägespäne, dass man denken könnte, er wäre gerade einem Sandsturm entwichen. Seine Kleidung glich einer Plastikhülle, die den Körper umwickelt hatte und mit einer gelben Soße übergossen wurde.

Er schaute zu dem Mann rüber und rief:

»Guten morgen Santa.«

2. Er hatte nun mal nicht mehr die sportlich durchtrainierte Baseballspieler-Figur

Ja bei dem sichtlich ergrauten und gealterten Mann, der sich gerne farblich abgestimmt kleidet und auf einem Fabrikgelände Zuhause ist, handelt es sich tatsächlich um Santa, um Santa Claus, um d-e-n Santa Claus. Viele nennen ihn auch Weihnachtsmann, Nikolaus, Knecht Ruprecht, X-mas oder einfach Christkind, nur eben mit Bart und Falten.

Sämtliche Leute, die kopf- und gedankenlos umherliefen, blieben plötzlich stehen. Werkende ließen die Arbeit ruhen. Alle schauten zu dem Mann hin, der als Santa bezeichnet wurde. Es wurde still, äußerst still, als wenn man das Fallen einer Mörsergranate zuhören würde. Dann erhob sich die Stimme einer der Anwesenden und augenblicklich stimmten alle in den Choral mit ein und riefen:

»Guten morgen Santa.«

»Moin Männer und Mädels«, antwortete Santa mit wärmster Stimme.

Folglich wurde es wieder unruhig, geräuschvoll, dröhnend und laut. Maschinen sägten wieder, Akkuschrauber bohrten, Hämmer versenkten Nägel, Trennjäger teilten Metalle. Und auch in der Schmiede wurden kreative Ideen umgesetzt und durch ein geübtes Wechselspiel zwischen Feuer, Hammer und Amboss ein sprödes Metall zu einer Form verarbeitet.

Ein junges Mädchen klopfte Santa vorsichtig auf die Schulter. Sie trug ein rot-grünes Kleid in Samtoptik, einen passenden Hut mit weißem Rand und zwei Bommel. Mit dem roten breiten Gürtel wurde besonders ihre Taille betont. Dazu trug sie rot/weiß gestreifte Strümpfe und rote Schuhe.

»Guten morgen Santa,« sprach sie mit sanfter Stimme. »Hier dein Kaffee …, mit wenig Zucker …, aber viel Sahne.«

»Danke mein Kind«, antwortete Santa, nahm den Kaffee und fing an, an der heißen Brühe zu nippen.

George der gelbe Wichtel, ein Mitarbeiter dieser wirtschaftlich selbstständigen Organisationseinheit kam auf Santa zu und hielt ihm einige Briefe entgegen.

»Sind das alle von heute«, fragte Santa.

»Nein! In der Postabteilung liegen noch sechs Wäschekörbe voll. Dies hier sind etwas ausgefallene Bitten.«

»Na dann lass mal hören, was das für ausgefallene Bitten sind.«

»Hier ist ein Brief von Paulinchen, sie schreibt: *Man sagt immer, es gibt keine Engel. Doch ein Engel hat zu meiner Mami gesagt, dass sie einen Mann treffen wird, in den sie sich verlieben wird. Und eines Tages ging meine Mami in ein Restaurant. Sie stand so rum und wartete, bis ein Tisch frei wurde. Plötzlich hörte sie wie jemand hinter ihr trat. Und sie dachte das ist er. Sie sagte nicht der Mann gefällt mir, vielmehr wusste sie dass ist der Mann in den sie sich verlieben wird. Und er war es auch, mein Dad meine ich. Beide verliebten sich, heirateten und dann kam ich. Wir lebten alle glücklich und zufrieden.*

Heute bin ich zehn und vor einem Jahr hat Dad Mami verlassen. Kannst du den Engel von damals Bescheid sagen, dass er mir hilft? Er sieht nicht wie ein Engel aus, weil Engel auf der Erde ihre Flügel nach innen tragen. Aber trotzdem war er eine Engel. Er soll Mami und Dad wieder zusammenbringen, damit Mami nicht mehr so traurig ist. Hilfst du mir? Hier in dem nächsten Brief sucht ein achtjähriges Mädchen einen Mann.«

»Die sucht einen Mann? Ja glaubt die denn wirklich, dass wir hier eine Single Börse sind«, erboste sich Santa.

»Nein das verhält sich ein wenig anders. Sie schreibt: *Ich kam eines Tages in einen*

Blumenladen und wollte eine Rose kaufen, eine rote Rose. Doch es war keine mehr da, weil ein Mann gerade vorher alle gekauft hatte. Ich war sehr traurig und das sah dieser Mann. Er fragte, für wen die Rose sei. Ich sagte für meine Mama, ich hab es ihr versprochen. Er überlegte nicht lange und gab mir alle seine Rosen. Ich war glücklich über die vielen Rosen, die ich nun hatte und als ich ankam, hatte ich alle Rosen auf Mamas Grab verteilt und ihr von dem Mann erzählt. Mama meinte, dass er ein netter Mann sei und das er es verdient, viele Geschenke zu bekommen. Bitte schenk ihm ganz viel.«

»Derartige Wünsche sind nicht leicht zu erfüllen, und weil manche Menschen dazu zu schwach oder zu klein sind, bitten sie den Weihnachtsmann um Hilfe. Ich werde darüber nachdenken!«

»Hier schreibt ein kleines Mädchen: lieber Weihnachtsmann. Ich wünsche mir nur zu wissen, dass es Tommy im Katzenhimmel gut geht. Mehr nicht! Bitte, bitte sag mir, ob Tommy gut angekommen ist. Er ist nämlich schon ein bisschen alt gewesen und konnte auch nicht mehr so gut sehen. Ich wünsche mir nur, dass du ihm hilfst, falls er sich auf dem Weg verflogen hat. Ich warte auf deine Antwort.«

Santa war sichtlich gerührt. Er nahm den Brief und überflog ihn nochmals. Dann steckte er ihn in seine Manteltasche und sprach:

»Und was steht in den anderen Briefen?«

»Nichts besonderes. Stefanie wünscht sich eine neue Mutter, weil die derzeitige immer nur schimpft. Daniel hätte gerne eine Steinschleuder, ein paar Stinkbomben, ein Skateboard und Handschellen.«

»Abgelehnt! Man darf uns um alles Bitten, aber wir können auch Nein sagen, wenn uns der Wunsch missfällt«, sprach Santa mit erhobener Stimme.

»In diesem steht, dass Lina sich für ihre Mutter einen Küchenmesserblock wünscht.«

»Na siehste, es geht auch anders.«

»Ja, ja. Wie man's nimmt. Sie schreibt weiter, dass so ein Weihnachtsgeschenk sehr hilfreich sein kann und den Scheidungsanwalt erspart.«

»Oh!«

»Ja und hier steht, ob du nicht alle Fünfen aus dem Zeugnis streichen könntest und lauter Einsen draus machen kannst.«

»Santa, Santa«, rief der Stoffguffel Juan und kam mit den Händen gestikulierend angerannt. »Gut, das ich dich hier treffe.«

»Leg die Briefe auf meinen Schreibtisch, ich werde sie mir nachher ansehen«, sprach Santa zu dem gelben Wichtel und wandte sich daraufhin dem Stoffguffel zu.

»Was gibt es so Wichtiges, dass du meinen Namen so schallend laut erklingen lässt?«

»Ich habe ein neues Spielzeug entworfen, eine neue Figur.«

»Das ist gut, zeig was du gemacht hast.«

Er holte ein Plüschtier hinter seinem Rücken hervor und gab es Santa. Es war ein seltsames Kinderspielzeug, einerseits eine fusselige, ungewöhnliche Figur, anderseits war sie knuffig, knuddelig und süß. Derartige Plüschtiere sollen eine figürliche Nachbildung eines tierähnlichen Wesens darstellen, wobei dieses Wesen ein bisschen das Aussehen hatte von Garfield, Homer Simson und mit der enormen Erhebung auf dem Rücken, wie Quasimodo.

»Und was ist das«, fragte Santa.

»Das ist Wuffi«, sprach Juan.

»Wuffi?

»Ja! Wuffi! Weil er ab und zu mal bellt.«

»Bellt?« Santa drehte das Wesen hin und her, drückte es an allen Stellen, doch es tat sich nichts.

»Na-ja …, ich muss da noch das Tierstimmmodul einbauen, dachte so an das Grrrrrr eines Rottweilers.«

»Warum nicht ough, ough wie ein Seehund«, unterbrach ihn der Office Commander Melvin, Top-Manager-Wichtel und rechte Hand von Santa, der sich von hinten anschlich und so die Unterhaltung unterbrach. Stoffguffel Juan musterte ihn mit einem bitterbösen Blick, der einem schon von weiten das Fürchten lehren könnte. Doch um jede Auseinandersetzung aus dem Weg zu gehen, zog er es vor, lieber zu verschwinden.

»Was gibt es so Wichtiges, dass du uns in unserem fundamentalen kreativen Schaffensprozess störst?«

»Santa, ich mach mir Sorgen um dich.«

»Warum? Mir geht es gut. Ich bin fit wie ein paar Turnschuhe, hart wie Kruppstahl, zäh wie Leder und flink wie ein Windhund.«

Office-Commander Melvin schaute zu den Stiefeln von Santa herab und meinte:

»Turnschuhe?«

Dann lies er seinen Blick langsam an Santas Körper hinauf schweifen und sprach weiter:

»Du meinst wohl, du bist hart wie ein Federkissen, empfindlich wie Samt und rasch wie eine osmanische Schildkröte. Du hast nun mal nicht mehr die sportlich durchtrainierte Baseballspieler-Figur.«

»Nun, es ist die größte Kunst im Alter mit Anstand Abschied zu nehmen von gewohnten Stärken und Fähigkeiten, sich in Demut zu üben und den in Würde geistigen und körperlichen Verfall zu ertragen.«

»Und genau darum geht es. Letztes Jahr hatten wir einen Fitness-Coach für dich bestellt, der dir lernen sollte, wie du jeden sportlich an die Wand spielen kannst. Doch selbst beim Billard, beim Murmelspielen oder Federball ließen deine sportlichen und kämpferischen Aktivitäten zu wünschen übrig.«

»Derartige Extremsportarten sind mir zu anstrengend, genau wie Fahrradfahren.«

»Dann baten wir dich, mal genau zu beachten ob du geistig und körperlich noch so leistungsfähig bist wie vor einigen Jahren. Du solltest akribisch aufschreiben, wo du altersbedingte Leistungseinbußen erkennst. Doch dein Zettel blieb leer.«

»Das war nicht unbedingt meine Erfüllung.«

»Wenn man ein bisschen älter wird und ein paar Pfunde mehr wiegt, sollte man sich schon ein wenig mehr bewegen. Es reicht nicht, wenn man fünf Minuten aufrecht sitzt. Man muss schon lernen, wie man sich die Schuhe zubindet, sonst fällt man beim Sport auf die Schnauze.«

»Schuhe mit Reißverschluss sind schon immer ein Trend gewesen,« entgegnete Santa.

»Um gute Ausreden und Erklärungen bist du noch nie verlegen gewesen, deshalb habe ich mir was anderes ausgedacht.«

»Sooooo. Was denn?«

Melvin holte tief Luft und stieß sie im gleichen Atemzug durch die Nase wieder aus, wobei sich sein Brustkorb aufbäumte und anschließend wieder in sich zusammensank. Dann sprach er:

»In größeren Firmen ist es gang und gäbe, dass die Mitarbeiter Verbesserungsvorschläge einreichen, wie die Optimierung der Arbeitsabläufe, wie man durch räumliche Umgestaltung Zeit einsparen kann und überhaupt wie man sonst das Arbeiten erleichtern kann.

Auch ich habe unsere Kollegen über das rote Brett mit dem weißen Rand informiert, dass sich jeder Gedanken machen sollte, wo

Verbesserungspotenzial zu finden ist, wo Abläufe in der Produktion verbessert, die Techniken verfeinert und die allgemeinen Arbeitsabläufe vereinfacht werden können.«

»Und was ist dabei herausgekommen«, wollte Santa wissen.

»Nichts. Wir arbeiten hier in einem überzüchteten Qualitätsmanagement.«

»Aha.«

»Doch dann fiel mir etwas ein. Schließlich sollte es eine Erleichterung für dich sein, mit Rücksicht auf dein Alter und deiner …, naja, sagen wir mal mit der wulstigen knuddel-kuscheligen Figur eines Vertreters des gesunden Hungers.«

»Und um was für eine Erleichterung soll es sich handeln?«

»Nun komm mit in die Werkstatt, ich zeig es dir.«

3. Ein hoch technisierter Santa-5000

Sie gingen durch die große Halle, durch das Logistikzentrum, durch die Produktionsstätte, wo ein jeder am Werken war, wo Fließbänder den größten Teil der standardisierten Produkte fertigten und sie gleichzeitig zusammenfügten. Einzelne Mitarbeiter waren damit beschäftigt, die Ware auf Fehler zu kontrollieren, sie dann auszuwerfen oder an die Verpackungsstelle weiterzuleiten.

Wie bei allen Gebäuden die Mitarbeiter benötigen, muss man beachten, das nicht zu viele aber auch nicht zu wenige Arbeiter beschäftigt werden, um ein optimales Produktionsziel zu erreichen.

Sonderwünsche wie spinnen, färben, stricken, sägen, schweißen, kleben, brennen werden nach alter Tradition handgefertigt und in den entsprechenden Werkstätten hergestellt.

Neben dem großen Logistikzentrum, die Lagerhaltung und Kommissionierung. Ein Gebäude mit Hochregalen, das eine entsprechende Kapazität aufweist, um die produzierten Teile aufzunehmen. Hier wurden Gitterboxen hinein und auch wieder herausgefahren. Eine Bewegung, schlimmer wie im öffentlichen Straßenverkehr.

In den oberen Bereichen geht es sittsamer und ruhiger zu. Dort befinden sich die Webereien und Nähstuben, wo kreative Handarbeiten und Computerstickereien gefertigt werden.

Wir verließen die Hallen. Draußen war es kalt. Es schneite. Leise und sachte, fast schwerelos rieselten die weißen Flocken zur Erde. Einige trafen das Gesicht der beiden Männer und wurden von der warmen Haut geschmolzen. Andere verfingen sich in den Haaren und gedeihten langsam zu Wasser.

Eine berührende Stille umgab sie, eine Stille, in der man selbst die eigenen Schritte im frisch gefallenen Schnee nicht hören konnte. Atem bildete kleine Wolken in der kalten, kristallklaren Luft, die in immer kürzeren Intervallen zu kommen schienen.

Dann kamen sie an der Werkstatt an. Ein Schuppen, in dem sich das Fortbewegungsmittel von Santa Claus befand, dass sich alljährlich einer etwas längere Inspektion unterziehen muss, um die Sicherheit und den Werterhalt zu gewährleisten.

Ist auch kein Wunder, wenn man bedenkt, wie viel Kilometer Luftlinie das Gefährt jedes Jahr zurücklegt. Das ist schon schockierend. Naja und da ist es mit einer einfachen Inspektion nicht getan. Da muss man schon den Lack neu polieren und kleinere Kratzer mit Airbrush behandelt werden. Den Innenraum aussaugen, Fußmatten reinigen, das Cockpit putzen und die Poster einer Spezial-Reinigung unterziehen. Selbst die Kufen, die unter einer Salz- und Matschschicht verschwunden sind, müssen neu geschliffen werden.

Melvin öffnete das große Schiebetor, und als Santa hineinschaute, wäre ihm fast das Kieferscharnier aus der Ölung gefallen. Irgendwie hatte sein Vehikel, der Rudolph-2000 so, wie er damals getauft wurde, eine andere Dimension angenommen. Es schien breiter, länger, voluminöser zu sein.

»Das …, das …, das ist doch nicht etwa mein Guter alter …«, fragte Santa.

»Nein«, unterbrach ihn Office Commander Melvin. »Das ist dein Neuer!«

»Was mein Neuer?«

»Dein neues Transportmittel, ein Santa-5000. Zuerst dachten wir, warum läufst du nicht zu den Bescherenden oder nimmst ein Fahrrad, ein Pferd oder den Bus? Nun zu Fuß brauchst du vernünftige Schuhe, hast du nicht! Fahrräder haben schnell mal einen platten. Das Pferd steht lieber auf dem Ponyhof und lässt sich von pubertierenden Mädchen streicheln. Und der Bus? Busunternehmen streiken zu oft. Also haben wir für dich ein neues Fahrwerk entwickelt, einen Santa-5000.«

»Wow! Kann mich noch gut an die Zeiten erinnern, wo unsere Schlitten noch kufenartig nach oben gebogene Vorderteile hatten und wir uns damit an abschüssigen Hängen, allein durch die Hangabtriebskraft herunter stürzten. Wir bauten sie aus ausrangierten Holzgestellen und befestigten abgewetzte Dauben daran. Fahren konnten wir nur auf gerade Strecken, da unsere Schlitten keine Lenkung hatten und auch keine Bremsen. Manchmal verloren wir schon mal eine Kufe und landeten in einer Schneewehe. Auch vereiste Schneehügel standen des Öfteren im Wege und Schürfwunden an der Eiskruste und an unseren Knie waren unübersehbar.«

»Santa, das war vor hundert Jahren. Heute fährt man mit erstaunlichen karussellartigen Geschwindigkeiten von A nach B, wobei man Umgebungsstraßen benutzt, um nach C zu kommen.«

»Und wie schnell ist so ein Gefährt?«

»Der Santa-5000 hat, wie die Zahl schon sagt, ... fünftausend Rentierstärken. Das besonders ist, dass entgegen einer normalen Autobatterie eine Raketenbatterie mit Gasantrieb eingebaut wurde, die dich in ein hundertstel Sekunde von null auf zweihundert Mi/h bringt. Das da unten ist das SC-Beschleunigungspedal, extragroß für extragroße Schuhe. Damit kannst du die Geschwindigkeit regeln.

Hier ein Navigationsgerät für die erfolgreiche Wegbeschreibung, mit sämtlichen Sternkarten und einem eingebauten Astrolabium mit einer drehbaren Speiche, mit der du jeden Fixstern anpeilen kannst. Das hier zum Beispiel ist die Milchstraße und nicht die Schleimspur einer Hausschnecke.«

»Ha, ha, ha und ich hab gedacht, das wäre der Weg der Kühe von der Weide zum Stall und wieder zurück«, konterte Santa.

Melvin überhörte diese scharfsinnige Bemerkung und fuhr weiter fort.

»Hier der Clausimeter mit Geschwindigkeitskontrolle, Meilenanzeige in tausender Schritten, Höhenmesser, künstlichem Horizont, Ladedruckanzeige, sowie einen Tourenzähler, der die Drehzahl der Welle bis auf 25.000 misst, bevor sie in den rot-grünen Bereich schlägt.

Die Kufen-Einzelaufhängungen, mit Schraubenfedern vorne, geben die Möglichkeit jede einzelne Kufe separat federn zu lassen, was bei Turbulenzen eine verbesserte Lage in der Atmosphäre bietet und somit einen besseren Flugkomfort garantiert. Hinten Starrachse mit voll elliptischen Blattfedern. Die Unterseiten bestehen aus Titan, um die Abreibung der Oberfläche so gering wie möglich zu halten.

Eine elektrohydraulische Servolenkung und einen dreifach, hintereinandergeschalteten Bremskraftverstärker wurde noch zusätzlich eingebaut, wobei der Bremskraftverstärker bereits bei relativ leichtem Anziehen der Rentierzügel eine Vollbremsung verursachen kann.«

»Das ist ja alles sehr interessant,« bestaunte Santa die einzelnen Funktionen und wies dabei auf einen Schalter hin:

»Hier auf diesem grünen Knopf sind meine Initialen falsch geschrieben. AC, Anta Claus, wer ist Anta Claus?«

»Das sind nicht deine Initialen. Das AC steht für Air Condition. Es ist der Schalter für die Klimaanlage um genügend Luftdruck, einer ausreichenden Sauerstoffversorgung und einer angemessenen Umgebungstemperatur zu bieten.«

»Aha!«

»Hinten haben wir noch eine Anhängerkupplung angebracht, mit abnehmbarem Kugelhals.

Auch die Lackierung haben wir neu

überdacht und uns für Stylo d'Amour entschieden. Eine Mischung aus den Lippenstiftfarben von Ach Mannis Rouge, Karla Gerfelds pur Color und Yves Saint Lucias Volupté Sher Candy sowie gefärbtes Rizinusöl, Hirschtalg und Bienenwachs. Zusätzlich haben wir die Farbe mit einem metallisch glänzenden Effekt versehen. An den Seiten eine Turmalin-, Peridot-, Resedagrüne fir sprigs Legierung für die Deko-Aufkleber im Graffiti-Style mit unserem Logo NPS: Nicholas Parcel Service.«

»Toll, und wann ist Probefahrt angesagt«, erkundigte sich Santa.

»Wenn du willst, sofort.«

»Gut, dann spann an.«

Melvin und ein paar andere Elfen holten Dancer, Dasher, Vixen, Prancer, Cupid, Comet, Blitzen und Donner aus ihren Ställen und spannten die Rentiere an. Rudolph, das Fronttier mit der Leuchtnase, lief hinterher und beschwerte sich zugleich, ob man ihn übersehen hätte.

»Das ist nur eine Probefahrt«, sprach Melvin zu Rudolph. »Bleib du noch ein bisschen bei deinem Sohn Robbie, deine Stunde kommt in drei Tagen.«

Daraufhin wandte Melvin sich wieder

Santa zu.

»Wir haben hier noch einen Suchscheinwerfer eingebaut, falls als Lichtquelle der gute alte Mond nicht zur Verfügung steht, weil er sich mal wieder hinter einer Wolke versteckt. Damit kannst du unter anderem nach dem Gegenstand suchen, den du gerade umgefahren hast und der dann irgendwo im Straßengraben liegt.«

Die Rentiere waren angespannt, warteten auf ihr Kommando und hielten dabei ihre Ohren spitz nach oben. Die Zügel liegen lang, ohne dabei Kontakt zum Rentiermaul herzustellen.

»Santa setz deine Brille auf, damit du wenigstens die Wolken von irgendwelchen Stühlen unterscheiden kannst.«

»Ha ha ha.«

»Und denk dran, wenn du bremst. Es wurde ein dreifach verstärkter Bremskraftverstärker eingebaut, der dich vom Hocker reißen kann, wenn du zu forsch aufs Pedal trittst. Vielleicht sollte ich noch ein paar Sicherheitsgurte einbauen lassen, damit du keinen haarsträubenden Stunt durch die Lüfte machst. Und vergiss nicht, fürs Ziehen sind die Rentiere zuständig, solange du nicht gerade am Hang parkst, und vergisst nicht die Handbremse anzuziehen.«

»Nein, nein keine Angst, da pass ich schon auf.«

Santa setzte sich auf die mit rotem Velours bezogene durchgehende Sitzbank und startete den Antrieb. Ein leichtes Rülpsen entstand, als die Zündung eintrat.

Dann war es soweit. Santa nahm die Zügel in die Hand und stellte die Rentiere in den Wind. Leise hört man die Geräusche des Schlittens, es kann losgehen. Der Zeiger des Clausimeter springt, die Spannung steigt, die Aufregung ist enorm. Ein letztes Durchatmen und dann geht es los. Santa ließ die Zügel hochschnellen, sodass sie in der Luft bereits peitschten, bevor sie niederschlugen. Dann rief er:

»Seit ihr bereit, meine Freunde?«

Die braven Rentiere nickten.

»Okay dann hey Ho, gebt Gummi, Jungs«

Schlagartig wurde er in die Sitzbank gedrückt, als die Rentiere den schallmauerdurchbrechenden Schlitten anzogen. Das Gesetz der Trägheit eines Körpers machte sich bemerkbar.

Eine wahnsinnige Geschwindigkeit entstand, mit der er das Firmament durchflog. Unsichtbare Luftströmungen mit verschiedenen Temperaturen und voneinander abweichenden Luftdruck sorgten für Turbulenzen. Besonders in Gebirgsnähe sorgen Auf- und Abwinde für ausgeprägte Berg- und Talfahrten. Doch im Santa-5000 ist das Auf und Ab nicht anderes, als wenn man mit dem Auto eine steil abwärts führende Straße langsam herunterfährt.

Winde und leichte Strömungen schoben die Wolken am Himmel entlang. Es stockt einem der Atem, wenn man lässig und entspannt am himmelblauen Firmament durch die Wolken fliegt. Für Sekunden befand man sich im Nebel, der wie eine Wand wirkte und den man nicht berühren konnte.

Dann durch die Reibung an der Außenhaut, der rasanten Geschwindigkeit und durch die elektrisch geladenen Ionen in der Luft, entstanden kleine Blitze, die sich wie ein Feuerschweif entlang des Schlittens zogen und sich kurz darauf wieder zerstreuten.

Es war ein atemberaubender Flug. Doch plötzlich tauchte mitten im Firmament ein kleiner schwarzer Punkt auf, zunächst fast unsichtbar. Ganz allmählich, beinahe unmerklich wurde er größer. Erst im letzten Augenblick konnte man erkennen, dass es ein verglühter Meteorit war.

Santa lenkte die Rentiere links ab, um dem Hindernis auszuweichen. Dann trieb er die Rentiere an und gab den Schlitten Schub, voll Schub. Blitzschnell schlug der Clausimeter für einen kurzen Augenblick in den rot/grünen Bereich und ließ den Schlitten aufheulen. Dadurch, dass das Gespann schlagartig nach vorne beschleunigte, riss die Druckwelle Santa aus seinem Sitz und katapultierte ihn ins Firmament.

Santa wär nicht Santa, wenn er nicht ein Hilfsmittel parat hätte. So riss er nach geraumer Zeit einer Reißleine, die sich am anderen Ende aus einer Schlaufe zieht und so ein zusammengefalteter Fallschirm unter der Kapuze in den Luftraum herausschnellte.

Kurze Zeit später landete Santa in einem parkähnlichen Garten.

4. Das ist kein Altersheim, das ist der Wartesaal für die letzte Reise

Es war wie der einseitige Druck einer Detonationswelle, die ihn aus dem Schlitten geschleudert hatte, wie eine Stoßwelle, bei der sich der Druck sprunghaft änderte.

Alles in seinem Kopf hatte aufgehört zu arbeiten. Er erkannte nichts mehr, hatte die Augen geschlossen. Doch spürte er, wie er langsam durch die Lüfte schwebte, wie er im Luftstrom hin und her pendelte, wie er dann letztlich wieder Boden unter den Füßen gefunden hatte.

Langsam öffnete er seine Augen, sah zum Himmel und rief:

»Ihr wart eindeutig zu schnell gewesen. Ihr seid in die Kurve gegangen, als wenn wir auf einem Schlittenrennen wären. Jetzt haben wir den Salat«

Dann schaute er in der Umgebung umher. Er saß in einer Parkanlage mit dem Anschein einer natürlich gewachsenen Vegetation, die auf das Frühjahr wartet, um in ihrer ganzen Blütenpracht zu erstrahlen. Bänke waren zu sehen, Bänke, die an Wegen standen.

Abseits zu erkennen ein Freilichtschachspiel mit kniehohen Figuren. Zwei ältere Herren in dicken Mänteln mit Mütze, Handschuhe und Schal waren damit beschäftigt, in einem Spiel ihren König vor den gegnerischen Angriffen zu schützen. Zwei weitere saßen in Wolldecken eingehüllt auf einer davorstehenden Bank und versuchten mit gestikulierenden Handbewegungen das Spiel zu beeinflussen. Es ist wie bei der WM oder EM, wo generell die besseren Spieler vor dem Fernseher sitzen und Emotionen ausgleichen oder wenigstens versuchen, den Siegeswillen des Teams zu stärken.

Santa ließ seinen Blick weiter wandern, landete auf einer Zufahrtsstraße, die von Bäumen gesäumt war und vor einem dreistöckigen Gebäude endete. Ein Gebäude mit einer halbrunden Freitreppe, die zu einer Plattform führte, zu einer Estrade direkt vor dem Haupteingang.

Ein Schatten bewegte sich auf ihn zu. Er drehte sich um, schaute lüstern auf einen fast bodenlangen schwarzen Mantel, sah zierliche Stiefel herausschauen und dachte an ein mädchenhaftes Wesen.

Die Sonne blendet. Sie blendet besonders im Winter stark, weil sie flacher scheint und durch nasse Straßen, Wege und Flächen zusätzlich gestreut wird. Santa sah nur die Silhouette dieser Personen, doch brachte die Sonne die Farbe ihres Haares von innen zum Leuchten.

Man kann natürlich die Augen zukneifen. Die Pupille würde dann enger werden und die Netzhaut ihre Empfindlichkeit reduzieren. Doch Santa führte seine Hand zur Stirn, um den Lichteinfall ins Auge von außen zu begrenzen.

Dabei sah er, wie die Frau sich an einem Rollator festhielt und auf ihn herabschaute. Sie war um einige Jahre älter als ursprünglich angenommen. Ihr Haar leuchtete nur, weil es dünn war, ohne Volumen und Energie.

Mit weit geöffneten Augen beobachtete die Dame den vor ihr sitzenden Mann und traute ihren Ohren kaum. Er sang ein kleines Liedchen vor sich her:

Al - le Jah - re wie - der,
kommt das Chris – tus - kind
auf die Er - de nie - der,
wo wir Men - schen sind

Als seine Stimme langsam versank, fragte die Dame:

»Warum sitzt du da auf dem kalten Boden?«

»Ich war mit meinen Rentieren unterwegs um meinen neuen Schlitten auszuprobieren. Doch beim Ausweichen eines Meteoriten bin ich herausgefallen und hier notgelandet.«

»Jungchen, du muss mich nicht für dumm

verkaufen, nur weil ich eine alte Frau bin. Von wegen Rentiere und Schlitten und so.«

»Aber es stimmt! Ich bin Santa Claus, der Weihnachtsmann, der jedes Jahr die braven Kinder beschert.«

»Santa Claus, Weihnachtsmann. Veräppeln kann ich mich alleine. Ich ruf gleich die Polizei und die sperren dich dann ein. Und vor allem, was trägt du da für eine Kleidung. Rot ist doch was für Mädchen, du bist doch ein Bub und rasieren könntest du dich auch mal. Dein zauseliger Bart verunstaltet dein Gesicht.«

Puh, dachte sich Santa. Die hat ja vielleicht Haare auf den Zähnen, fängt gleich an ihm die Leviten zu lesen. Doch dann versuchte Santa sich zu rechtfertigen:

»Rotes Kostüm, Rauschebart, Brille und ein gütliches Lächeln, so kennt man den Weihnachtsmann. Sie waren doch auch mal klein und wie sah da der Weihnachtsmann aus?«

»Naja … er war groß …, ziemlich groß sogar. Aber meistens sah ich nur seine Stiefel und die sahen genauso aus wie die vom Bauern nebenan.«

»Und was trug er sonst noch?«

»Naja ne dreckige Cordhose und ein kariertes Hemd. Manchmal auch eine

Weste.«

»Ich meine nicht den Bauern. Ich meine was trug er als Weihnachtsmann?«

»Ach der, ja ich glaub der trug so was Ähnliches wie du. Einen rot/weißen Wollmantel, der ihn aussehen ließ, als wenn er an Fettsucht leiden würde.«

»Sehen sie!«

»Ja, aber wenn du wirklich notgelandet bist, wo kommst du denn her?«

»Von einem kleinen Dorf am Nordpol, namens Christmas Village.«

»Und wie willst du da wieder hinkommen?«

»Naja die Rentiere werden ihren Heimweg finden und erzählen, was passiert ist. Man wird mich dann lokalisieren und abholen. Schließlich ist in drei Tagen Weihnachten und was wäre Weihnachten ohne Santa Claus. Hab in der letzten Zeit nichts anderes getan, als die Wünsche der Kinder zu belauschen und dann Geschenke bauen lassen, die nicht mit Geld zu kaufen sind.«

»Dann heißt das, dass du wirklich der ...«

»Ja, ich bin Santa Claus, der Weihnachtsmann.«

Santa griff über die Schulter, holte seine

Kapuze hervor und zog sie über seinen Kopf. Dann sprach er mit tiefer Stimme:

»Ho ho ho …«, nahm danach die Kapuze wieder ab und fragte: »besser so?«

»Wenn du wirklich der Weihnachtsmann bist, dann … Das muss ich heute Abend erstmal den Bridge-Damen erzählen. Wie lange dauert es, bis sie dich gefunden haben?«

»Och, das kann schon eine gewisse Zeit dauern.«

»Gut dann kommst du jetzt mit mir.«

Gemächlich marschierten sie über den Rasen auf die Freitreppe zu. Santa klappte den Rollator zusammen, nahm ihn unter den Arm und führte die Dame mit der anderen Hand die fünf Stufen hinauf bis zur Estrade.

Dort klappte der die fahrbare Gehhilfe wieder auseinander, und da der Eingang barrierefrei gestaltet war, konnte die Dame sich beim Gehen darauf abstützen.

Wir betraten das Gebäude und standen mitten im Foyer. In der Mitte, ein Fahrstuhl mit einem Stahl-Glas-Gerüst, links und rechts umgeben von jeweils einer einläufigen Bogentreppe, die zu einem Podest im obersten Stockwerk führte.

Mit dem Kabinenlicht senkte sich der

Aufzug. Eine gekrümmt gehende Frau verließ den Fahrstuhl. Sie war schwarz gekleidet, hatte das graue Haar zu einem Dutt gebunden und trug ihre Brille viel zu tief auf der Nase. Ihre Handtasche hielt sie wie eine Waffe, jederzeit bereit sofort damit zuzuschlagen.

»Guten Tag Alma.«

»Guten Tag Frieda,« begrüßten sich die Damen.

»Was hast du denn da für einen schnuckeligen jungen Mann im Schlepptau. Ist das dein Sohn?«

»Ne, das ist der Weihnachtsmann.«

»Hä, hä, hä, der Weihnachtsmann. Immer zum Scherzen aufgelegt,« erwähnte Frieda noch beim Vorbeigehen, wobei sie ihr Umfeld wie ein Geheimagent beobachtete.

Sie gingen links den Gang herunter. Eine Frau im mittleren Alter kam auf uns zu und sprach:

»Na das ist aber schön, dass man sie auch mal besucht. Nicht war Frau Alma? Das ist sicherlich ihr Sohn, oder?«

»Dumme Pute, ich brauch keinen Besuch. Die warten doch alle nur darauf, dass ich sterbe.«

»Aber Frau Alma, so was sagt man doch

nicht. Nicht mal denken tut man so was.«

Alma ignorierte die Worte, ging unbeachtet an der Frau vorbei, wobei sie noch kurz mit gedämpfter kaum hörbarer Stimme erwähnte:

»Dumme Gans.«

Wir gingen einige Schritte weiter und bogen dann in einen Raum ein, der mit einzelnen halbrunden Sofaecken, sowie mit diversen Sesseln bestückt war. Ein Spender mit gekühltem und heißem Quellwasser stand gleich neben dem Eingang. Die Stirnwand schmückte ein 55" Fernseher und an der gegenüberliegenden Wand ein elektrischer Kamin. Links und rechts davon, Regale mit Büchern.

Am Fenster saß eine Frau und schaute hinaus. Sie beobachtete die winterliche Sonne, den Vogel auf der Dachrinne, die vorüberziehenden Wolken am Himmel und die Silhouetten der Bäume, die immer größer wurden, je tiefer die Sonne sank.

Eine der Sofaecken war belegt von zwei Frauen und drei Männern, die in ein Gespräch vertieft waren. Mit gestikulierenden Handbewegungen versuchte ein jeder, sich verhör zu verschaffen und seine Meinung zu vertreten. Dann bemerkte man Alma:

»Hallo Alma, zurück von deinem Spaziergang. Wen bringst du denn da mit.«

»Der sieht aus wie ein Ausländer«, tuschelte eine der Damen.

»Wie ein Ausländer? Du meinst, der ist nicht von her?«

»Schau dir doch mal seine Garderobe an, ich glaube der kommt von einem anderen Stern.«

»Komm Alma setz dich zu uns und stell uns deinen Besuch vor.«

»Das ist Marion und Gerda und die Herren sind Franz, Ernst und Michael. Das hier ist Santa«, sprach sie, »Santa Claus der Weihnachtsmann.«

Alles fing an zu lachen, wobei einer noch dabei bemerkte:

»Der soll erstmal zum Friseur gehen und sich die Haare schneiden lassen.«

Schallend dröhnten das Gekicher, das Quieken und das Kreischen durch den Raum. Der Mund wurde in die Breite gezogen, Zähne wurden sichtbar und um die Augen bildeten sich immer mehr Falten. Nach geraumer Zeit hielten sich einige den Bauch, als wenn ihnen das Zwerchfell schmerzen würde, andere hatten Tränen in den Augen.

Santa schaute sich etwas verwundert die Leute an, die gerade mitten in ihrem schönsten Lachflash gewesen waren, freute sich aber anderseits darüber, dass sein Name doch so viel Heiterkeit, Freude und Fröhlichkeit ausüben würde.

»Hä«, fragte die Dame die Gerda hieß und sich dabei die Hand hinter dem Ohr hielt, um die Ohrmuschel mithilfe eines "Händetrichters" zu vergrößern. »Wer ist das?«

»Santa Claus der Weihnachtsmann.«

»Was? Ein Parkhaus bauen die nebenan?«

»Sie ist schwerhörig,« sprach Alma zu Santa, »und wer mit ihr reden will, muss ihr laut ins Ohr brüllen. Sie verweigert permanent Hörgeräte, weil sie der Meinung ist, dass sie genug im Leben gehört hat.«

»Nein, schrie Ernst der Schwerhörigen zu. »Der Begleiter von Alma heißt Santa Claus und will Weihnachten die Geburt Christi feiern.«

»Christel? Wieso heißt der Mann Christel?«

»Christi! Nicht Christel.«

»Ach Christi, ja so hab ich meine Schwester auch immer genannt, als sie noch lebte.«

Ernst winkte ab, schaute Alma an, danach Santa und sprach:

»Wenn du der Weihnachtsmann bist, dann wird es morgen bestimmt soviel schneien, dass niemand aus der Haustür kommt.«

»Das tut mir leid, damit kann ich nicht dienen. Ich bin kein Zauberer, sondern nur derjenige, der den Kindern den Glauben an Weihnachten erhält, an die Poesie und die Romantik die das Leben erleichtert. Erlösche niemals das außerirdische Licht, mit dem die Kindheit die Welt sieht, denn nichts auf der Welt ist so wirklich wahr, wie der Glaube an den Weihnachtsmann. Er wird immer und alle Zeit leben und er wird immer wieder die Herzen der Kinder und auch der Erwachsenen erfreuen.

Was sich nicht richtig erklären lässt, wird mit magischer Logik verstanden. Wenn es regnet, weinen die Wolken, weil sie traurig sind. Oder der Ball liegt unter dem Bett, weil er schlafen will. Alle diese Dinge existieren in der Realität des Kindes tatsächlich - dazu gehören auch Monster und Märchenfiguren. Oder eben der Weihnachtsmann, der jedes Jahr mit einem von Rentieren gezogenen Schlitten reißt und großzügig Geschenke verteilt.«

Plötzlich diese Ruhe, diese Stille, dieser

Frieden in dem ganzen Raum. Keiner sagte was, keiner mochte sich bewegen, da man sonst die Blicke der anderen auf sich ziehen würde. Sie alle ließen die gesprochenen Worte auf deren Zungen zergehen. Obwohl man sich schon fragte, wie der rundliche Weihnachtsmann mit einem Body-Mass-Index von mindestens fünfunddreißig es durch einen schlanken Kamin schaffen soll.

Santa schaute sich die Leute an, studierte ihre Gesichter. Sie waren alle in sich gekehrt, dachten an ihre Kindheit. Doch die spielte sich überwiegend im Zweiten Weltkrieg ab, wo deren Väter Weihnachten in rattenverseuchten Schützengräben zwischen Minenfeldern und Stacheldrahtverhauen lagen mit der Angst im Nacken und den Tod vor Augen. Doch dann packte Santa die Neugier und er fragte:

»Wo bin ich hier überhaupt und was ist das hier für ein Schloss?«

»Villa Sonnenschein«, antwortete Michael. »Villa Sonnenschein ist kein Schloss. Das ist ein Wartesaal für die letzte Reise.«

»Ein Wartesaal für die letzte Reise?«

»Na, ein Altersheim, wo manche Leute viel zu früh hinlanden.«

»Falsch«, dementierte Franz. »Das ist

kein Altersheim hier, das ist eine Seniorenresidenz. Steht doch vorne dran.«

5. Was macht ein Weihnachtsmann eigentlich im Sommer

Altersheim! Seniorenresidenz! Wo liegt da der Unterschied? Beide sind Wohneinrichtungen für ältere Menschen. Doch liegt er Unterschied darin, dass das Altersheim eine zusätzliche Einrichtung - neben der Unterbringung - für die Betreuung und Pflege der höheren Pflegestufe aufweist. Es nimmt immer mehr pflegebedürftige Personen auf, wobei es zunehmend die Funktion eines Pflegeheimes darstellt.

Der Begriff Altersheim führt für viele Menschen einen negativen Beigeschmack mit sich. Er wird mit Abschieben oder mit verwirrten alten Menschen assoziiert. Dabei ist es ein Zuhause für die diejenigen, die nicht mehr allein wohnen wollen oder nicht mehr können, lieber unter gleichaltrigen zu sein mögen oder zu wollen.

Eigentlich ist das Wort Seniorenresidenz nur ein Euphemismus, ein beschönigendes Wort für Alters- oder Altenheime, wie Toilette statt Scheißhaus, transpirieren statt schwitzen, Rubensfigur statt Übergewicht, bildungsfern statt dumm.

Bei den Seniorenresidenzen steht das betreute Wohnen im Vordergrund, da meistens nur ein geringer Hilfebedarf bei der Verrichtung des täglichen Lebens benötigt wird. Es erinnert eher an ein gehobenes Hotel als an ein Alten- oder Pflegeheim, wo die bedarfsgerechte Pflege im Blickpunkt steht.

Plötzlich wurde Santa aus seinen Gedanken gerissen, als Ernst anfing, zu erzählen:

»Wenn ich meine Gedanken in der Vergangenheit schweifen lasse, und die Jahre meiner Kindheit so betrachte, dann sind schon die Erinnerungen an die damalige Weihnachtszeit besonders lebhaft in meinem Gedächtnis haften geblieben.

Mein Großvater hatte immer wieder erzählt, wie sie im Ersten Weltkrieg Weihnachten im Schützengraben Fußball gespielt hatten und wie sie sich mit den britischen und französischen Soldaten für einige Stunden verbrüderten, zusammen Weihnachtslieder sangen und an ihre Familien Zuhause dachten.«

»Ja ich kann mich auch noch gut erinnern,« sprach Franz. »Wir wohnten damals in einer Wohnung auf dem Boden mit einem schmalen Gang vor den Küchenfenstern. Ich war gerade mal fünf Jahre. Meine Mutter hatte mich auf einen Stuhl gestellt und mich gewaschen, schließlich war es Heiligabend, und wenn der Weihnachtsmann kommt, muss man ja sauber aussehen. Da sah ich von außen am Küchenfenster eine Gestalt herumhuschen. Eine Gestalt, die so aussah wie …, naja so ähnlich wie du.«

Dabei deutete er mit dem Zeigefinger auf Santa.

»Der hatte auch graue Haare, einen ziemlich langen Bart und ich glaub der hatte auch so einen roten Mantel an. Naja zumindest hatte ich Angst vor dieser Gestalt am Fenster, und zwar soviel Angst, dass ich in einem nicht vorhersehbaren Moment plötzlich … flup… in hohen Bogen …«

Marion, Ernst und Michael schauten sich an und man sah, wie sich latente Fragezeichen über deren Kopf bewegten.

»Was in hohen Bogen«, fragte Michael.

»Naja … flup… in hohen Bogen … meine Mutter an gepinkelt hatte. Sie kniete unglücklicherweise gerade vor mir und hatte viel zu spät bemerkt, wie sich mein kleines Etwas aufgerichtet hatte.«

Höllisches Gelächter entstand, als sich jeder diese Situation bildlich vor Augen führte.

»Igittigitt, du bist aber ein Dummerchen gewesen. Aber das erinnert mich an den Artikel, den ich mal vor Jahren in einer Zeitung gelesen hatte. Das ist in der slowakischen Hohen Tatra ein Mann mit seinem Fahrzeug und drei Kisten Bier an Bord von einer Lawine begraben worden. Er hatte versucht, sich mit den Händen einen Weg aus der Lawine zu graben. Als er merkte, dass es nichts brachte, fing er an die Biere auszutrinken, um den Schnee dann mit seinem Urin zu schmelzen.«

»Hä, hä, hä! Und hat es geklappt?«

»Nun, Rettungskräfte fanden ihn Tage später total besoffen an der Straße. Er klagte über Schmerzen an der Leber.«

»Bei mir kam der Weihnachtsmann immer nachts, das hieß, dass ich schon am Vorabend meinen Weihnachtsteller aufstellen musste. Das war der große Messing-Teller unserer alten mechanischen Küchenwaage. Ganz früh am Morgen lief ich dann bibbernd in die Küche, um mir den mit Süßigkeiten gefüllten Teller und die anderen Geschenke anzusehen.«

»Ja und wie ist es mit dir Santa? Hast du auch solche Geschichten erlebt. Ich meine, wenn du der Weihnachtsmann bist, dann werden dir doch ständig solchen Geschichten begegnen«, bemerkte Marion.

»Nun ja, man erlebt als Weihnachtsmann schon manche Gegebenheiten, die einerseits lustig und anderseits traurig sind. Ich beobachte gerne, wie hilfsbereit Menschen sind, wie kavaliersmäßig, gentlemanlike und höflich man sich gegenüber Damen und älteren Herrschaften gibt, wie rücksichtsvoll miteinander umgangen wird. Ganz besonders fiel mir eine ältere Dame auf, die an der Straße vor einem Zebrastreifen stand und eingenickt schien. Ein Autofahrer hielt vor dem Streifen und hupte kurz, um der Dame den Hinweis zu geben, die Straße überqueren zu können.

Die Straße war mit Schnee bedeckt, es wurde nicht gestreut und um nicht auszurutschen, setzte die Dame sich ganz langsam und äußerst vorsichtig in Bewegung. Allerdings bewegte sie sich so langsam, dass der Autofahrer ein weiteres Mal hupte, um den Fortgang ein wenig damit zu beschleunigen. Die Dame blieb mitten vor dem Fahrzeug stehen, nahm ihre Handtasche und schlug sie frontal gegen den Kühlergrill. Was dann passierte, war unglaublich. Der Fahrerairbag, der sich im Lenkrad befand, wurde schlagartig ausgelöst und schlug dem Fahrer voll ins Gesicht.«

Wieder durchzog der Raum sich einer Lachsalve mit den Bemerkungen:

»Richtig so, eine alte Frau ist ja schließlich kein D-Zug.«

»So kann aber auch manch vermeintlich junger Mensch alt und manch alter Mensch recht jung sein.«

»Und ... und ... was hat die Dame dann gemacht?«

»Die hat ihren Gang in ihrem gewohnten Trott weiter fortgeführt.«

»Auf einem Schiff, das langsam sinkt, gibt's immer einen, der fröhlich winkt«, bemerkte scherzhaft der Ernst.

Ohne die Ausgelassenheit der Anwesenden zu unterbrechen und ohne den Frohsinn abzuwandeln, hob Santa leicht seine Zeigefinger um sich damit zu Wort zu melden. Alle schauten ihn daraufhin an und so sprach er:

»Ich hab da noch eine kleine Geschichte für euch: Ein Kind stand am Fenster und schaute Richtung Himmel. Der Mond war zu sehen. Er war voll und ..., naja sie wartete erwartungsvoll darauf, dass der Weihnachtsmann mit seinen von Rentieren gezogenen Schlitten am Mond vorbeifliegt. Oft hat sie schon dieses Bild gesehen, in Büchern, Zeitungen und Illustrierten, wie sich die Silhouette dieses Gespanns wie ein schwarzer Streifen durch den Mond zieht.

Plötzlich sah sie einen hellen Streifen, der sich am Horizont wie ein Blitz entlang zog. Sie lief zu ihren Eltern und beteuerte gesehen zu haben, dass ein Stern vom

Himmel gefallen sei, den man jetzt suchen müsse, weil er doch sonst am Himmel fehlen würde.

Unsicher und fast hilflos wussten die Eltern zunächst nicht, wie sie es dem Kind erzählen sollten, dass es sich nur um eine Sternschnuppe handeln würde. So erzählten sie von Oma, die vor einem Jahr gestorben sei, dass der Tod ein ganz normaler Vorgang sei, weil wir nicht unsterblich sind und das die Oma jetzt einen Ruheplatz auf dem Friedhof gefunden habe. Dem Stern ginge es genauso. Auch er hatte sein Leben verhaucht und mit dem Lichtschweif nochmals allen seinen Freunden zugewunken. Aber Oma ist doch im Himmel, sagte das Kind. Ja, antwortete die Mutter, Oma ist im Himmel, man kann sie nur nicht sehen und genauso ist es mit dem Stern. Auch er ist am Himmel und auch ihn kann man nicht mehr sehen. Mit der Antwort war dann das Kind zufrieden und von da an beobachtete sie jeden Abend die Sterne.«

»Ja so sind Kleinkinder, mit ihren naiven Träumen.«

»Ich kenn da auch so eine ähnliche Geschichte. Mein Großvater hatte sie mir mal erzählt. Sie hatte sich zur Zeit des preußisch-deutschen Krieges ereignet. Die Väter meiner Ur, Ur, Ur Großeltern hatten in dem Krieg auf verschiedenen Seiten gekämpft. Wahrscheinlich hatten sie in der Schlacht sogar aufeinander geschossen. Auf der Hochzeit ihrer Kinder hatten sie sich nicht mal angesehen, aber dann ergab es sich, dass sie alle unter demselben Dach lebten und so verbrachten sie jeden Tag zusammen auf der Veranda. Eines Tages fragte der eine dem anderen, wie viel Sterne es eigentlich am Himmel geben würde und so fingen beide an, zu zählen. Seitdem beobachteten und zählten sie jeden Abend die Sterne am Himmel bis an ihr Lebensende, friedlich nebeneinander auf zwei Korbstühlen.«

»Eine schöne Geschichte«, erwähnte Santa.

»Ja, aber sprechen wir mal von dir. Als Weihnachtsmann musst du doch alle Menschen kennen. Was für ein unglaubliches Wissen musst du besitzen. Erzähl uns doch mal, wie ist es da, wo du herkommst und … wie alt bist du eigentlich?«

»Das ist eine gute Frage, aber genau genommen weiß ich das nicht so genau. Oft schon saß ich Zuhause in meinem Schaukelstuhl vor dem Kamin und fing an nachzurechnen, wie oft ich schon Weihnachten erlebt habe. Doch ich bin jedes Mal beim Zählen eingeschlafen.«

»Und warum bist du mit einem Schlitten

unterwegs? Jeder halbwegs vernünftige Mensch fährt Auto.«

»Wer ist schadenfroh«, erhob Gerda lautstark das Wort.

»Niemand, wir sprechen von Autos.«

»Nein, meine Enkelin ist nicht arbeitslos. Wieso, ist sie schon da?«

»Santa lass dich nicht von Gerda unterbrechen, sprich ruhig weiter«, erwähnte Michael.

»Ja warum kein Auto. Nun, am Nordpol ist immer Schnee und Eis und da ist es die beste Möglichkeit, sich mit einem Schlitten auf die weite Reise zu machen.«

»Sag mal, wenn ich dich so betrachte …, du bist ja nun leicht adipös. Bist du noch nie in einem Kamin stecken geblieben?«

»Du hast ja wohl eine Sehstörung«, dementierte Alma. »Santa ist doch nicht dick. Außerdem fragt man so was nicht. Er wird schon wissen, wie man in einen Schornstein rein kriecht. Dafür hat er bestimmt eine besondere Technik.«

»Was macht ein Weihnachtsmann eigentlich im Sommer«, erkundigte sich Franz.

»Ja, in den Sommermonaten, da bereite ich mich auf die Winterzeit vor.«

»Und wie ist es eigentlich, wenn man nur einen Tag im Jahr arbeitet? Was macht man an den übrigen Tagen«, fragte Franz.

»Auch ich habe einen geregelten Arbeitstag und das nicht nur einmal im Jahr, sondern jeden Tag. Ich habe keine freien Tage zu Weihnachten, Ostern oder auch Pfingsten. Ich habe einen 7-Tage-Job. Gleich nach Weihnachten muss ich die Vorbereitungen für das nächste Weihnachtsfest treffen, die Wunschzettel studieren und den ganzen Laden auf Trab halten. Habt ihr schon mal so ein Riesenunternehmen geführt, so mit Spielsachen und Geschenke? Das ist ganz schön stressig und verbraucht Energie!«

»Klaustrophobie«, mischte sich Gerda wieder fragend in die Unterhaltung ein. »Ist das die Angst vor Weihnachtsmänner?«

»En-er-gie!«

»Irgendwie?«

»Vergiss es«, wehrte Franz ab.

»Bis du auch mal Kind gewesen und hast du eigentlich eine Frau«, wollte Marion wissen.

»Den Kindern erzähle ich immer, dass ich mit der Zahnfee kuschel und Kind …, ich fühle mich Tag täglich wie ein Kind.«

Die Tür ging auf, eine Schwester kam rein. Sie ging direkt auf Gerda zu und sprach in einem äußerst lauten Ton zu ihr:

»Besuch ist für sie da.«

»Hä, ein Buch ist für mich da?«

»Nein Be-su-ch.«

Der Besuch, eine junge hübsche Frau kam in den Raum, begrüßte alle aus der Ferne und ging dabei direkt auf Gerda zu. Sie umarmte sie ganz herzlich und sprach:

»Hallo Oma.«

»Was«, fragte Gerda.

»Wie geht es dir denn so?«

»Wieso soll ich aufs Klo?«

»Wie es dir geht, habe ich gefragt«, sprach die junge Dame etwas lauter und ging dabei mit Gerda Richtung Tür.

»Gut, aber du brauchst hier nicht so herumzuschreien, wir sind hier nicht in der Disco«, bemängelte Gerda, als sie langsam den Raum verließ.

6. Es sollte ein Erlebnis werden, das sich tief in dessen Gedächtnis einbrennt

Es wurde wieder mal still und ich fragte mich, ob es für die alten Leute noch was anderes gibt, als jeden Tag zusammenhocken und über etwaige Geschehnisse zu plaudern. Man sagt älteren Leuten nach, dass sie sich mehr an frühere Ereignisse erinnern können, als an die Gegenwärtigen. Es muss deren Erfüllung sein von einer Zeit zu reden, wo es noch keine Playstation, X-Box und Nintendos gab, keine zweihundert Fernsehsender, keine Videos, DVDs und Blu-rays, keinen PC, Laptop und Tablet, auch kein Internet sondern nur Freunde. Man hatte frühmorgens das Haus verlassen und kam erst wieder heim, als die Straßenbeleuchtung bereits eingeschaltet war.

Damals hatten die Banknoten noch ein Gesicht und ganz besonders liebte man Clara Schumann, die 100-DM-Banknote. Buntgeld fand schnell seinen Weg in die Spardose, das Silbergeld hingegen nie.

Ja wenn man als Kind die vierziger, fünfziger oder auch sechziger Jahre erlebt hat, ist es zurückblickend kaum zu glauben, dass man solange überleben konnte.

Die Autos hatten noch keine

Sicherheitsgurte und auch keine Airbags, die Bettchen waren mit bleihaltigen Farben angemalt, Flaschen aus den Apotheken konnte man ohne Schwierigkeiten öffnen, beim Fahrradfahren trug man keinen Helm und Wasser trank man direkt aus dem Wasserhahn und nicht aus Flaschen.

Geprügelt hatte man sich, Knochen gebrochen, Zähne kaputt gehauen, doch keiner wurde verklagt und keiner fragte nach der Aufsichtspflicht.

Man traf sich auf der Straße oder ging zu einem Freund nach Hause. Klingeln tat keiner, man ging einfach hinein, ohne Termin und ohne Wissen der Eltern. Keiner wurde gebracht, keiner wurde abgeholt.

Beim Völker- oder Fußball durften nur die mitmachen, die gut waren. Die anderen mussten lernen, mit Enttäuschungen zu leben.

Kinder aßen ungesundes Zeug, keiner scherte sich um Kalorien und trotzdem wurde keiner dick. Den Kaugummi legte man am Abend auf dem Nachtschrank ab und am nächsten Morgen kaute man es weiter.

Fernsehen gab es erst ab 18 Uhr und die Eltern bestimmten, was und wie lange TV geglotzt werden durfte.

Es ist die Ausgeglichenheit der Sinne dieser Menschen, die wellenartig ihr Leben beschreiben, die zurückschauen auf die Kindheit und Jugend und so in Erinnerungen schwelgen. Was geht in dessen Gehirnen vor, wenn sie an einer Blume riechen, Musik hören, einen Fluss zusehen, einen geliebten Menschen berühren oder einfach Lebensgeschichten erzählen.

»Ihr scheint euch ja alle gut zu verstehen«, unterbrach Santa die Stille.

»Jeder Mensch hat ein Vogel«, führte Ernst an. »Und wenn man erstmal weiß, wo er sitzt, dann kommt man gut mit dem Menschen aus.«

»Ja so wie wir hier sind, haben wir uns schon alle lieb«, bestätigte Michael.

»Ja lieb haben, das spricht sich alles sogleich dahin. Aber Achtung füreinander, Achtung das ist viel mehr wert«, bemerkte wiederum Franz.

»Wie war denn Weihnachten früher für euch«, wollte Santa wissen und schon schwelgte ein jeder wieder in Erinnerungen.

»Früher, da war alles geheimnisvoller«, meinte Franz. »Wenn meine Mutter vor dem Fest mit schweren Taschen nach Hause kam und ins elterliche Schlafzimmer huschte, dann haben wir sie regelrecht belauert.

Doch das Zimmer war immer abgeschlossen und die Keksdosen für uns unerreichbar auf dem Schrank gestellt.«

»Ja auch im Krieg hat es an den Festtagen immer was Besonderes gegeben«, erzählte Michael weiter. »Trotzdem war Weihnachten anders. Als mein älterer Bruder an der Front war, war es nicht so feierlich – die Stimmung war getrübt.«

»Es gab nicht viele Süßigkeiten oder Kuchen«, sagte Marion. »Und für den traditionellen Kartoffelsalat brauchte man Lebensmittelmarken. Zu Mehlklößen habe man damals "falsche Soße" gegeben, nicht auf Basis von Fleisch, sondern mit einer Mehlschwitze und Gemüse. Beim Backen musste Maismehl als Ersatz für Getreidemehl herhalten.«

»Und es hat trotzdem geschmeckt«, erinnerte sich Gerda.

»Den Weihnachtsbaum hatten wir aus dem Wald geholt«, betonte Ernst. »Mit richtigen Kerzen haben wir ihn geschmückt und vor der Bescherung wurde gesungen, Gedichte aufgesagt oder eine Geschichte erzählt. Ganz besonders feierlich wurde es, wenn im Radio die Grüße der Familien an die Seeleute übertragen wurden, das gehörte einfach dazu.«

»Und was war mit den Geschenken«,

wollte Santa wissen.

«Riesig gefreut hatte ich mich zum Beispiel über neue Kleider für meine Puppe», antwortete Alma. »Viele Sachen wurden selber gemacht oder gebaut, wie meine Puppenstube und mein Krämerladen.«

Ja so war Weihnachten Früher. Vieles wurde selber gemacht. Die Mädchen umhäkelten für ihre Eltern Kleiderbügel oder Filzstoffe, die als sogenannte Klapperdeckchen zwischen den guten Tellern im Schrank gelegt wurden, die Jungs hingegen arbeiteten mit Laubsägen und stellen Figuren aus Sperrholzplatten her.

»Weihnachten war früher natürlicher, nicht so kommerziell wie heute, einfach schöner«, fügte Michael noch hinzu.

Es piepte plötzlich, dann vibrierte es. Ein Pager, ein kleiner handlicher Ruffunkempfänger meldete sich. Santa holte ihn aus seiner Manteltasche, schaute drauf und bemerkte:

»Oh, ich muss los. Man hat mich gefunden.«

»Du willst uns wieder verlassen«, sprach Marion ein wenig traurig.

»Ich muss. Heiligabend ist bald und ich hab noch eine Menge zu tun.«

»Schade«, sprach Ernst etwas schmerzlich. »Wir hatten uns so an dich gewöhnt und gehofft, dass du uns über das Weihnachtsfest begleiten würdest. Es wäre mal was anderes gewesen.«

»Warum? Ist das Weihnachtsfest denn heute nicht mehr so, wie ihr euch das vorstellt?«

»Naja«, sprach Franz etwas schwermütig. »In Ruhe Kaffee trinken und gemütlich nur mal einen Weihnachtsfilm sehen, ist so gut wie unmöglich. Da werden dann irgendwelche Gesangsvereine eingeladen, Geschichtenvorlesungen gehalten und Tanzkreise veranstaltet, die uns Jahr für Jahr die Adventszeit versauen.«

»Jedes Jahr das gleiche. Stundenlang flößt man uns dann ein: Mach hoch die Tür, kling Glöckchen klingelingeling, Morgen kommt der Weihnachtsmann, alle Jahre wieder und am Baume da brennen die Lichter«, murmelte Alma etwas energisch vor sich hin. »Und dann noch alles falsch und völlig Durcheinander.«

»Es war ja auch gut gemeint«, mischte sich Marion ein. »Aber wir sagen uns lieber: Gut gemacht ist besser als gut gemeint.«

»Ja und dann sitzen wir immer an Tischen, die mit weihnachtlichen Papierservietten und ein paar Tannennadeln geschmückt waren, und müssten Dutzende Christstollen und selbst gebackene Kekse essen. Die waren teilweise so trocken, dass es beim Sprechen schon staubte. Dabei haben sie dann ihr volles Programm durchgezogen.«

»Und das, wobei die doch genau wussten, dass ich Zucker habe«, beschwerte sich noch Michael.

»Weihnachten einmal anders feiern. Da muss es doch noch was anderes geben, als Gymnastikstunden, Rätselnachmittage, sich in Rheumadecken einhüllen oder spazieren zu gehen, mal etwas ganz besonderes erleben. Auch wenn wir unseren letzten Altersabschnitt entgegengehen, heißt das nicht, dass wir auf Action, Spannung und Abenteuer verzichten wollen. Oder«, fragte Franz allgemein in die Runde.

»Ja! Mein Sohn«, rezitierte Ernst etwas unglücklich. »Ich habe mich dreißig Jahre abgerackert das aus ihm ein erfolgreicher Rechtsanwalt wird und er …, er schiebt mich nach hier ab. Ein Flug mit der alten Tante Ju hatte er mir versprochen und ich habe ihn nie bekommen.«

»Ich würde gerne mal bei einem Trabrennen mitfahren«, äußerte Franz sich.

»Nein ins Musical, aber eins das in der Nähe und nicht so laut ist«, wünschte

Marion sich.

»Oder ins Varieté«, widersprach Alma.

»Ja«, berauschte Michael sich daran, »in die Welt der kurzen Röcke und langen Beine.«

»Ach ihr Männer denkt immer nur an das eine«, äußerte sich Marion etwas energisch und schlug ihn mit der Faust auf den Oberarm.

»Okay, okay, ich nehme alles zurück und lade euch dafür Weihnachten zum Essen ein. Franz kannst du mir ein paar Hunderter leihen, ich hab die Kreditkarte von Ernst verlegt.«

»Nein aber mal im Ernst«, dementierte Franz die Bemerkung. »Bevor wir alle anfangen zu jammern und uns gegenseitig bemitleiden, sollten wir überlegen, was wir wirklich mal machen könnten, solange wir es noch können.«

Santa war am Überlegen. Er möchte diesen lieben Menschen helfen, ein Geschenk machen, an das sie sich noch lange erinnern werden. Doch das war gar nicht so einfach. Er kannte deren Persönlichkeit noch nicht so genau, um das Richtige zu planen. Ein Flug für den einen, ein Rennen für den anderen, eine Vorstellung für die eine, eine Darbietung für die andere. Sicherlich würden sie sich freuen, aber es wäre für jeden ein persönliches Andenken, nichts was man gemeinsam erlebt hatte, dessen Erinnerungen man vereint durchleben kann. Dennoch entschied er sich etwas zu tun und so sprach er:

»Ich finde euch alle so toll und möchte mit euch was machen.«

»Santa«, sprach Alma, »ich muss mich für meine Freunde entschuldigen. Es ist nicht fair, dich mit unseren Begehren zu belästigen.«

»Nein, nein das ist schon Okay. Ich habe mir etwas überlegt. Am ersten Weihnachtstag kurz nach dem Dunkelwerden möchte ich, dass wir uns auf der Estrade, also auf der Plattform vor dem Haupteingang, treffen. Wir werden gemeinsam was unternehmen, also zieht euch warm an, es ist kalt draußen.«

»Du willst uns Weihnachten besuchen?«

»Ich will was mit euch unternehmen.«

»Ja und was?«

»Vielleicht mit euch einen Bummel durch die Stadt machen.«

»Durch die Stadt? Das könnte uns Ärger bringen.«

»Wieso?«

»Na allein in die Stadt ist gegen die Vorschrift. Man hat bammel davor, dass wir den Rückweg nicht finden würden. Dabei leidet keiner von uns an Demenz.«

»Aber das ist doch kein Gefängnis hier«, beteuerte Santa. »Ihr hab doch Möglichkeiten, traut euch doch einfach. Es braucht ja auch keiner zu wissen und wer soll euch schon verpetzen. Außerdem seit ihr bei mir völlig sicher.«

»Mann, wir jammern hier wie die alten Waschweiber. Wir wollten doch etwas ausgefallenes Erleben, nun ist die Gelegenheit da und …? Was überlegen wir da noch lange? Las uns was Unmögliches tun, den Bock melken, einen Mohren weißwaschen, den Pudding an die Wand nageln, noch einmal nach dem Mond greifen.«

»Können wir auch nach den Sternen greifen?«

»Halts Maul Franz, ich rede. Also? Packen wir es an?«

»Na klar packen wir's an. Wäre doch gelacht, wenn wir das nicht packen würden. Ich zumindest freue mich darauf.«

Der Entschluss stand fest. Sie wollten alle noch einmal ein Erlebnis haben, sich wenigstens einmal noch von einem langweiligen und banalen Tag distanzieren. Getränkehersteller versprechen einem auf Plakaten das Erfrischungserlebnis, Werbespots machen eine einfache Rasur zum Erlebnis und in den Ladenpassagen garantiert man Einkaufserlebnisse pur.

Es ist wie einst die frei gelöste und ungebundene Forderung von David Hasselhoff: *I've been looking for freedom* oder wie die Werbemacher, die eine Kreditkarte als: *Die Freiheit nehme ich mir* bezeichnen und bei einer Kontoeröffnung davon sprechen: *Wir machen den Weg frei*.

Wieder piepte der Pager von Santa, der kurz einen Blick darauf warf und sprach:

»Ich muss jetzt wirklich gehen, aber wir sehen uns ja bald wieder. Versprochen!«

Santa verabschiedete sich von jedem einzeln. Sie legten ihre Arme um seinen Hals, drückten ihn ganz feste und er merkte dabei, dass die jeweiligen Umarmungen eine gute Möglichkeit war, um Zuneigungen auszudrücken. Dann verließ er das Haus.

Es war inzwischen Dunkel geworden und es schien schon seit Stunden zu schneien. Dick und gemächlich fielen die Schneeflocken vom Himmel. Santa stand vor der Haustür und dachte darüber nach, wie es dazu kam, dass er den ganzen Tag heute im Altersheim verbracht hatte.

Dabei schaute er sich um und sah unter einer Baumgruppe seinen Office-Commander, seinen Top-Manager, seinen vertrauten Melvin geschützt mit dem Schlittengespann stehen. Santa schüttelte sich den Schnee vom Kopf und ging los.

Als er sich näherte, grunzten die Rentiere und nickten zugleich mit dem Köpfen. Eine Begrüßung vergleichbar mit der heutigen Jugendsprache: Eydu, was los ey.

Melvin hielt die Schlittentür auf und ohne ein Wort zu sagen, stieg Santa ein. Dann ging es los. Nach geraumer Zeit fragte Melvin:

»Du bist so ruhig, was ist los.«

»Ich habe Menschen kennengelernt, die mir ans Herz gewachsen sind und für die ich ein Erlebnis schaffen will. Aber wie soll ich es anstellen, dass ein Erlebnis tatsächlich unvergesslich wird?«

»Ein Erlebnis? Was für ein Erlebnis?«

»Ein Tag oder ein Augenblick, der sich tief in dessen Gedächtnis brennt, wie Erinnerungen, die man sorgsam in sich bewahrt. Wie zum Beispiel der Hochzeitstag, das erste Mal mit dem Jetlev Flyer, Eisessen in einem türkischen Hamam, ein romantisches Dinner auf dem Dach eines

Hochhauses oder bei Mc Donald mit Blick auf den Drive in und der vom Berufsverkehr stark frequentierten Straße.«

»Und wie willst du das Anstellen?«

»Ich weis es noch nicht.«

7. Während die Wichtel in kurzen Hosen herumlaufen, muss der arme Santa in seinem Wollmantel schwitzen

Irgendwie hatte Santa sich eine Aufgabe vorgenommen, die reicher an Erlebnisversprechungen war, als an Selbstansprüchen. Gedanken umkreisten ihn, wie ein erlebtes Geschehnis einen nachhaltigen und positiven Eindruck hinterlassen kann und somit zum Erlebnis wird.

Die Unternehmungslust des Menschen verändert sich zwar mit den Jahren, aber sie bleibt auch im Alter genauso vielschichtig und individuell unterschiedlich wie bei jungen Menschen. Abwechslungen spielen auch in der zweiten Lebenshälfte für die meisten eine wichtige Rolle, egal wie der Einzelne es auslebt.

Störfaktoren, die die Unternehmungslust im Alter beeinträchtigen, könnten körperliche Erkrankungen und chronische Schmerzen sein. Auch internistische Krankheiten wie Diabetes, Bluthochdruck oder Rheuma können die Agilität negativ beeinflussen.

Santa saß am nächsten Tag in seinem Büro und dachte darüber nach, wie er diesen Menschen eine unvergessliche Freude bereiten könnte. Wie sie sich an neue freudvolle Begebenheiten erinnern und nachfühlen können, öfters, länger und vielleicht sogar noch etwas intensiver. Freude weckt auch das Gesundheitsinteresse, was letztendlich das wichtigste Kapital ist, das man hat.

Während Santa die liegen gebliebene Post studierte, kam ihm eine abwegige Idee in den Sinn, welche ihm jedoch wie ein genialer Einfall vorkam, der ihm als schlüssig und gut durchdacht erschien. Einziges Problem ist, dass man nicht weist, ob es funktioniert. Doch voller Optimismus stürzte er sich in die Sache, stand auf, ging in die große Halle, in das Logistikzentrum und rief die Leiter des Customer Relationship Management, die Direktoren des Productions Departments und den Head of Distribution, sowie den Office Manager Melvin zusammen. Nach einigen Minuten standen sie alle in seinem Büro.

Wenn man eine Idee verwirklichen will, ist das Erste, was man tun sollte, seinen Entwurf mit anderen zu besprechen.

»Ich habe etwas vor und da müsst ihr mir helfen«, fing er an zu erzählen.

»Du willst die Menschen untertänig machen und eine Monarchie mit dir als Pharao gründen«, unterbrach ihn einer der Wichtel und sofort fingen daraufhin alle an, zu lachen. Eigentlich lachen sie gar nicht so richtig. Sie kichern mehr und halten dabei ihre Hand vor dem Mund.

»Ich hab ja nichts dagegen, wenn ihr Faxen macht, denn Albernheit ist eine Lockerungsübung für das Gehirn und ein guter Anti-Stress-Trainer, doch jetzt habe ich eine andere Last«

Er erzählte in kurzen Zügen, was ihm und dem Santa-5000 auf dem Jungfernflug passiert war und wie er die Zeit auf der Erde im Altersheim im Kreise hochgeschätzter Senioren verbracht hatte.

»Jeder kennt das,« sprach er dann, »man möchte etwas machen, etwas erleben und seinen Spaß haben. Doch man kann nicht, weil man sich nicht traut, weil man nicht weiß wohin und weil die verdammten Knochen einem die Lust dazu nehmen.«

»Und was hast du vor?«

»Ich bin am ersten Weihnachtstag mit diesen Menschen verabredet und ich will sie auf einen Flug in die festlich geschmückte Stadt einladen und das mit vollem Gespann.

Gebt den Rentieren also mehr frisches kräuterreiches Heu und saftige Rüben und lasst sie sich auf besonders weichem Stroh ausruhen, denn dieses Jahr müssen sie auch am ersten Weihnachtstag arbeiten.«

»Wird sofort erledigt«, entgegnete der Office-Commander und notierte sich alles auf den in seinem Klemmbrett einspannten Papierbögen.

Dabei sah Santa sah zu dem Office-Commander herab und fragte:

»Ist der alte Schlitten, der Rudolph-2000 noch voll funktionsfähig oder wurde er bereits voll ausgeschlachtet?«

»Nein, der ist noch voll funktionstüchtig und –fähig, muss nur aus seinem Dornröschenschlaf geweckt werden. Warum?«

»Erzähl ich dir später. Wichtel Jan Morrow, du bist Gestalter für das visuelle Marketing. Was braucht man alles für eine vierziger, fünfziger oder sechziger Weihnachtsdekoration?«

»Die Zeit des Wirtschaftswunders. Naja damals war es noch ein reines Fest der Liebe und Besinnung, obwohl es die Zeit war, wo man in Illustrierten immer mehr auf Geschenkvorschläge in jeder Preisklasse hingewiesen wurde. Die Weihnachtsdekoration allerdings beschränkte sich meistens auf den Tannenbaum. Er wurde geschmückt mit Weihnachtskugeln, die reflektierten oder weiße Glitzereffekte hatten oder den Look einer dünnen Eisschicht besaßen, sowie

Glocken, Zapfen und bunt bemalten Vögeln mit Glasfasern als Steuerfedern. Und nicht zu vergessen die Baumspitze mit den leonischen Drähten. Einige hatten Lichterbögen in den Fenstern oder Girlanden um den Türrahmen mit kleinen gehäkelten Weihnachtsmännern und Nikolausstiefeln. Die Leute, die sich was draus machten, hatten Tannenzweige auf den Tischen, kombiniert mit richtigen Bienenwachskerzen und pastellfarbenen Perlmuttkugeln als Deko.«

»Gut dann hast du jetzt eine Sonderaufgabe, dich darum zu kümmern.«

»Was jetzt? Du bist dir doch wohl im Klaren, dass in einer Woche Heiligabend schon lange vorbei ist und das die Weihnachtstage eigentlich jedes Jahr auf die gleichen Daten fallen?«

»Eigentlich schon. Deshalb hast du auch drei Tage Zeit, dafür.«

»Na das ist ja mal eine Herausforderung. Hoffentlich finde ich noch einen halbwegs vernünftig gewachsenen Baum mit klarer Nadelzeichnung.«

»Das wäre also schon mal geklärt. So nun zu dir, Gourmet-Wichtel Gusteau. Frische Winterluft erhöht den Sauerstoffgehalt im Blut und macht hungrig. Was würdest du mir als weihnachtliches Büfett für ein älteres

Publikum empfehlen?«

»Naja vielleicht feine Forellentaler, Schwedentorte mit Lachs und Shrimps, Weihnachtstrifle mit Spekulatius, Äpfel und Quarksahne, Roastbeef mit Calvadosbirnen und Gorgonzolasoße, gekochter Karpfen mit Marinade, Orangen Pannacotta mit Espresso.«

»Sag mal«, unterbrach Santa die Aufzählung, »hast du nicht etwas Klassischeres, schließlich sind die Herrschaften hungrig und in dem Zustand würde ich persönlich sogar gedünsteten Brokkoli essen.«

»Hm, wie wäre es dann mit einer Fischsuppe oder einer Wildrahmsuppe vorweg. Als Hauptspeise Lachsfilet mit Kräuterkruste, Reis und Bohnengemüse oder Hirschgulasch und Ente gefüllt mit Maronen und Äpfel, als Beilage jeweils Klöße und Rotkohl. Zum Nachtisch Vanilleeis frittiert oder Crème brûlée.«

»Na das hört sich doch nach einer Gaumenfreude ohne Gleichen an und zeigt, dass du tatsächlich ein Koch von Welt bist, der sich mit den Sterneköchen im Fernsehen messen kann. Kümmere dich darum, auch du hast maximal drei Tage Zeit.«

»Ja als unser fünf Sterne Koch kann er schon Gerichte aus sieben Ländern bis zu

Blasenbildung erhitzen«, erwähnte einer der Wichtel und rief ein allgemeines Gekicher hervor.

»Contenance«, ermahnte der Gourmet-Wichtel Gusteau seine Kollegen, »Contenance! Ich werde dafür sorgen, dass nur liebevoll zubereitete Speisen an die empfindlichen Gaumen der Gäste gelangen, ohne vorher irgendwelche Kochshows aus den hiesigen TV-Programmen gesehen zu haben, wo angebliche Sterneköche mit ihrer Selbstbeweihräucherung so tun, als könnten sie kochen. Für wie viel Leute soll das Bankett denn sein?«

»Nun richte es mal so ein, dass die ganze Seniorenresidenz an der weihnachtlichen Feier teilnehmen wird. Also mit Einigen.«

»Mechanics-Imp! Eine der Damen ist schwerhörig. Mit der kann man sich nur schreiend wie ein Lautsprecher bei einem Megakonzert unterhalten. Ich nehme mal an, dass ihre Eitelkeit es ihr verbietet, ein Hörgerät zu tragen, weil man es hinter dem Ohr sieht. Was kannst du mir da bieten?«

»Nun, ich kann dir ein Gerät auf Basis der neuesten Chipgeneration bauen. Die sind klein, ach was sag ich winzig, verschwinden fast vollständig im Ohr, haben eine robuste Bauweise, spezielle Dichtungen, Nanobeschichtungen, Richtmikrofon,

Rückkoppelungsstabilität ...,«

»Ist gut, du musst mir nicht unbedingt die Bestandteile eines Hörgerätes beschreiben. Ich gebe dir maximal drei Tage...«

»Zeit, ich weiß«, unterbrach ihn der Mechanics-Imp.

Santa schnalzte mit der Zunge, nickte dabei den Kopf und sprach:

»Wow, wie gut ihr mich doch kennt.«

Eine Pause trat ein und somit auch eine sonntägliche Ruhe. Eine Zeit, die der Office-Commander dazu nutzt, wie eine Stenotypistin die gesprochenen Anordnungen stenografisch auf sein Klemmbrett aufzuzeichnen.

Santa deutete dann auf Gisbert, den Wichtel der musischen Kunst.

»Du kennst dich mit Musik aus, bist bisher unser Konzertmeister gewesen. Musik in den vierziger, fünfziger und sechziger Jahren, wie war die?«

»Naja die Vierziger kennzeichneten sich durch den Jazz- und Big Band-Stil. Beeinflusst wurde er von Connie Francis, Doris Day, Andrews Sisters. Auch der Swing dominierte mit seinen ruhigen, harmonischen Tönen. Gerhard Wendland,

Lale Anderson, Tommy Dorsey waren dafür prägnant.

In den Fünfzigern wandelte sich die Musikrichtung. Der Rock 'n' Roll war geboren und setzte sich in den sechziger Jahren immer weiter fort. Zu den Helden gehörten damals Elvis Presley, Jerry Lee Lewis und Buddy Holly, später kamen dann die Beatles und die Rolling Stones. Was für den einen der totale Sittenverfall war, war für den anderen ein ganz neues Lebensgefühl.

Ab den Sechzigern hatten Interpreten wie Joan Baez und Bob Dylan dem Folk zu größerer Bedeutung verholfen. Diese bildeten bald neben dem Beat eine wesentliche Grundlage der Hippiemusik. Auch der Twist fand seinen Einzug und wurde zu Rock 'n' Roll, Rhythm & Blues getanzt.«

»Okay. Danke für das ausführliche Referat, aber wir belassen es lieber bei etwas ruhigere Musik, zwischendurch vielleicht mal ein oder zwei Rock 'n' Roll. Nicht das sich die alten Herrschaften noch überanstrengen.«

»Warum stellen wir nicht eine Band zusammen. Instrumente liegen noch reichlich im Lager und Bassisten, Gitarristen und Drummer haben wir reichlich unter uns, sogar einen, der einigermaßen manierlich singen kann.«

»Na Super, warum eigentlich nicht. Kriegst du das hin?«

»Wenn wir heute noch mit den Proben anfangen, dann werden wir es schaffen aus Raritäten und Ohrwürmer, Oldies und Evergreens und aus anderen vertrauten Klängen der Vergangenheit einige Highlights zusammenstellen.«

»Gut, dann kümmere dich darum. Du hast …, naja du weißt schon.«

»Ich weiß, maximal drei Tage zeit.«

»Gut dann haben wir das schon Mal alles geklärt. Nun zum Ablauf. Während ich mit dem Santa-5000 auf dem Weg in die Stadt bin, gestaltet ihr den Aufenthaltsraum in der Seniorenresidenz in eine festliche Traumlandschaft. Für den Transport nehmt ihr den Rudolph-2000, deswegen meine Frage vorhin, ob er noch funktionsfähig ist.«

»Ja aber wer soll dann den Schlitten ziehen, wenn du mit vollem Gespann unterwegs bist«, fragte der Office-Commander.

»Wende dich an eine Rentiervermittlung, du bist ja sonst nicht auf den Kopf gefallen«, ordnete Santa an. »Die eigentliche Truppe brauche ich nun mal für die Sightseeingtour.«

»Tja so ist unser Chef eben«, sprach einer der Wichtel. »Während wir gerne in kurzen Hosen herumlaufen, muss der arme Santa in seinem Wollmantel schwitzen.«

Belustigend kicherten die Wichtel, wobei einer tuschelnd erwähnte:

»Naja, dafür ist er halt der Boss.«

»Und noch eins«, unterbrach Santa das Amüsement. Ich möchte nicht, dass das eigentliche Weihnachtsgeschäft dadurch vernachlässigt wird. Denkt dran übermorgen ist Heiligabend.«

»Kein Problem«, erwiderte einer der Wichtel aufheiternd. »Der Tag hat vierundzwanzig Stunden, die Nacht hat acht, macht zusammen also zweiunddreißig. Wo liegt das Problem?«

»Nun aber raus hier«, befahl Santa mit einem schmunzelnden Lächeln auf den Lippen.

8. Ein Kavalierstart mit quietschenden und qualmenden Kufen

Es war Heiligabend. Draußen war alles Weiß. Es schneite. Santa stand vor dem Fenster und schaute hinaus. Er befand sich an der nördlichsten Stelle überhaupt, an der Drehachse der Erde, dort wo man von jeder Seite aus Richtung Süden schauen kann, wo alle Längengrade zusammenlaufen. Da liegt Grönland, weiter links Sibirien und dreht man sich weiter schaut man nach Alaska und Kanada.

Eine weiße Schneelandschaft bot sich, eine Farbe die Assoziationen von Leben und Unsterblichkeit hervorruft. Ein imposantes idyllisches Bild, dass man mit keinem Fotoapparat einfangen könnte.

Santa dachte daran, mal wieder auf Skiern zu stehen und eine Buckelpiste hinunter zu jagen. Doch leider fehlt ihm immer wieder die Zeit für solche Aktivitäten. Dennoch ist diese blütenweiße Pracht bewundernswert und besonders für Schneeballschlachten prädestiniert. Es ist und bleibt ein Paradies für Leute, die sich gern mit langen Brettern unter den Füßen bewegen. Ein Wellnessbereich, der riesig ist, vor der Tür anfängt und hinter dem Horizont weiter geht.

Gedankenversunken schaute er dem

entfernten Gipfeln entgegen und summte fröhlich ein Weihnachtslied vor sich her:

»Schnee - flöckchen, Weiß - röckchen,
wann kommst du ge - schneit;
du kommst aus den Wol - ken,
dein Weg ist so weit.«

Plötzlich klopfte es an der Tür. Seufzend und zufrieden drehte Santa sich um, als sein Office-Commander völlig aus der Puste ins Büro stürzte.

»Was hat dich denn so aus der Puste gebracht«, fragte Santa.

»Ich bin so schnell gelaufen.«

»Welch aufschlussreiche Bemerkung. Ist Joggen deine neue Sportdisziplin geworden? Vielleicht solltest du dich lieber mit einem Brettsport amüsieren.«

»Ich habe keine gute Nachricht für dich. Unsere Flugverkehrskontrolle und unser Flugwetterdienst berichteten, dass ein Schneesturm auf uns zukommt. Dieser könnte so stark sein, das die Befürchtung besteht, dass der Schlitten nur noch in einem Schritttempo vorangetrieben werden kann, beziehungsweise dass die auftretenden Schneeverwehungen einen Start der Rentiere sogar unmöglich macht.«

Santa brauchte einen Augenblick, bis er die Botschaft realisiert hatte. Fassungslos stand er da und dachte an die Kinder, die dadurch womöglich keine Geschenke kriegen würden. Nach kurzem Augenblick lief er dann in den Funkortungsraum. Ein Raum mit diversen Bildschirmen, wo man mit Hilfe von Satelliten und zirkularen Antennen Kinder auf der Erde beobachtet, damit man weist, wann sie aufwachen und ob sie brav gewesen sind.

In einer Nische das Radargerät, auf dem Niederschlagsfelder in verschiedenen Farben gekennzeichnet werden. Ganz besonders zum Nordpol hin bewegte sich ein rotes bis tiefblaues Feld, was auf einen kräftigen Schneefall oder sogar auf einen Schneesturm hinweist, der katastrophale Verhältnisse verursachen und enorme Probleme bereiten kann.

»Wie lange haben wir noch, bis sich das Zentrum über uns befindet«, wollte Santa wissen.

»Schätze mal so vielleicht eine Stunde oder auch weniger«, antworte der Hochfrequenz-Wichtel. »Und dann wird es schon einige Stunden dauern, bis es sich wieder verzogen hat.«

»So lange kann ich nicht warten«, murmelte Santa sich in den Bart.

Er dachte angestrengt kurz nach und lief dann zu den Ställen. Der Schneefall war inzwischen stärker geworden und peitschte ihm ins Gesicht. Schweißtreibend und fluchend stampfte er durch den Schnee, wie einst Yeti im Himalaja. Dann erreichte er die Ställe und rief:

»Sofort alle Tiere anspannen, ein Sturm kommt aus uns zu. Ich muss sehen, dass ich vorher noch rechtzeitig wegkomme.«

Hektisch liefen die Stallknecht-Wichtel durcheinander, schnappten sich die Rentiere und fingen an, ihnen Zaumzeug anzulegen. Santa lief dann weiter zu den Garagen.

»Den Schlitten abfahrbereit machen und ab ins Logistikzentrum mit ihm. Ich will spätestens in einer Stunde in der Luft sein.«

Auch hier entstand plötzlich eine fieberhafte Hektik, eine übersteigerte Betriebsamkeit die schnell mal die Balance des Lebensbereiches durcheinander und innere Unruhe und Nervosität aufbauen kann.

Zurück marschierte er wieder durch den hohen Schnee, fluchte in das wilde Treiben und schüttelte dabei den Schnee von seiner Kutte. In der Produktionshalle des Logistikzentrums hatte sich die Sturmwarnung bereits herumgesprochen. Alle standen Spalier und bildeten eine Gasse. Santa ging langsam durch die Reihen der Wichtel, seine Hände auf dem Rücken, eine Art Offiziershaltung die auch Selbstsicherheit und Stolz signalisiert. Tief holte er Luft und ergriff das Wort:

»Ihr habt gehört, ein Schneesturm kommt auf uns zu, ein Schneesturm, der große Schneemassen mit sich bringt und der hohe Schneeverwehungen verursachen kann. Es wäre undenkbar, wenn all die braven Kinder dieses Jahr zu Weihnachten keine Geschenke bekommen würden, nur weil uns die Wetterverhältnisse am Start hindern. Wir werden also den Schlitten sofort beladen, damit ich vorzeitig von hier wegkomme.«

Im gleichen Augenblick ging das große Rolltor auf und Schnee wehte wie ein Nebel hinein. Mitten drin zuerst zu sehen die Silhouette, dann die Kontur und schließlich der rote Santa-5000, der fast geräuschlos in die Halle hinein glitt.

»Was ist mit den Rentieren«, wollte einer der Wichtel wissen.

»Die werden auch gleichkommen«, erwiderte Santa.

Die Logistik-Wichtel machten sich sofort an die Arbeit. Sechsundzwanzig von ihnen bildete eine Kette und reichten sich die Pakete und Päckchen Hand in Hand entgegen. Auf dem Schlitten waren drei Stauer-Wichtel damit beschäftigt, das

Ladegut ordnungsgemäß zu packen und dabei auf Gewicht, Stapelbarkeit, Standsicherheit und druckfeste Oberflächen zu achten. Die Packstücke sollen je nach Geometrie so dicht wie möglich angeordnet werden, damit kein unnötiger Freiraum entsteht. Anschließend kamen die Lascher, das sind die Wichtel, die dafür sorgen, dass die Ware richtig verzurrt wird.

Inzwischen ging wieder das Tor auf und die Rentiere trabten herein. Sie schüttelte alle ihr Köpfe und ließen den Schnee zu Boden fallen, der sofort zu schmelzen begann.

Santa verzog sich nochmals in den Funkortungsraum, um sich über den Stand der derzeitigen Prognose zu informieren.

»Es wird nicht besser, ich muss los«, fieberte Santa. »Hoffentlich ist der Schlitten bald beladen. Was dauert das aber heute auch so lange.«

Die Wichtel arbeiten auf Hochtouren und in einer solchen Situation wie diese, entpuppt sich das Warten als eine Ewigkeit.

Dann endlich, das Signal für die Bereitschaft zum Abflug ertönte. Eine Sirene, die durch sämtliche Hallen dröhnte und ankündigte, dass Santa Claus sich auf den Weg machen würde. Ein Moment, wo alle Wichtel sich im Abflugterminal versammelten, um ihren Boss einen guten Flug zu wünschen.

Santa betrat die Halle und mit aufbrausendem Gejubel, hochgerissenen Armen, beschwingt in die Luft geworfenen Zipfelmützen und jauchzender Fröhlichkeit wurde er begrüßt. Mit klatschenden High-Fives schritt er durch die Mitte zu seinem Santa-5000. Mit einem sogenannten Outside-Check inspizierte er das Gefährt sorgfältig von außen und vergewisserte sich, dass alles in Ordnung ist. Einige der Wichtel schossen dabei sogar Fotos. Rudolph meldete sich und erwartete einige Streicheleinheiten.

Für niemand verständlich, flüsterte Santa ihm einige Worte in sein Ohr und schon fing seine Nase für einen kurzen Augenblick an, zu leuchten. Manche sind der Meinung, dass Santa den Rudolph so lange schuften lässt, bis er vom Fahrwind eine rote Nase bekommt oder das Santa mit ihm regelmäßig mal einen schnasselt. Das stimmt alles nicht! Es ist auch kein Scheinwerfer, der den Weg durch die dunkle Nacht beleuchtet.

Die Nase von Rudolph hat ein besonders dichtes Netz von Blutgefäßen, das für eine höhere Versorgung mit roten Blutkörperchen sorgt. Wenn Rudolph sich freut, oder ihm, was Schönes widerfährt, dann strömt mehr

Blut durch die Nase und verfärbt sich rot.

Santa holte ein Möhrchen aus seiner Tasche und gab sie ihm. Auch die anderen wurden nicht benachteiligt, erhielten ihre Streicheinheiten und jeweils ein Möhrchen als Leckerli.

Wieder schalten Jubelrufe durch das Terminal, als der Schlitten bestiegen wurde. Fotoapparate blitzen, Hänge winkten und Weihnachtslieder wurden angestimmt.

Ja heute ist ein besonderer Tag, heute ist Heiligabend, das Ende der Adventszeit. Für viele Menschen die schönsten Stunden im Familienkreis. Doch die Tatsache, dass Heiligabend mit Bescherung gefeiert wird, stößt bei Santa Claus so allmählich an seine Grenzen.

Er schnallte sich an. Eine zusätzliche Vorsichtsmaßnahme, die seit seinem letzten Flug, wo er aus dem Schlitten katapultiert wurde, spontan noch angebracht wurde. Dann war es soweit. Eine kurze Information noch über die Wetterverhältnisse, die sich immer weiter verschlechtern, sowie die für den Abflug relevanten Informationen wie zum Beispiel der Luftdruck, Wind, Temperatur und, und, und. Dann der Startschuss, die Ansage des Piloten:

»Es kann losgehen«, rief Santa und fügte lustigerweise noch hinzu: »Bitte anschnallen und das Rauchen einstellen. Nach Erreichen unserer endgültigen Flughöhe haben sie die Möglichkeit unsere Außenterrasse zu besuchen und dort den Film "Vom Winde verweht" zu sehen.«

Er wird diesmal nicht wie sonst von der Startbahn 17/19 oder 25/11 starten, sondern direkt einen Kavalierstart hinlegen, mit quietschenden und qualmenden Kufen.

Langsam öffnete sich das Teleskop-Schiebetor am Ende der Halle und eisige Kälte, verbunden mit riesigen Schneeflocken peitschten herein. Santa löste die Schlittenbremse, riss die Zügel hoch und rief:

»Hey Ho, gebt Gummi, Jungs«

Schlagartig wurde er durch den beeindruckenden Schub in den Sessel gedrückt, als die Rentiere anzogen und kaum die Halle verlassen, riss ein starker Seitenwind den Schlitten zur Seite. Es hätte nicht viel gefehlt und er wäre durch das Dach wieder im Inneren gelandet. Doch Santa ist ein erfahrener Pilot, konnte den Schlitten abfangen und ihn in die Höhe treiben. Unter ihm die schroffen Felsen des Nordpols, eine nordpolare Eiswüste, eine gigantische Eismaschine.

Ein Blick auf den Clausimeter verriet ihm, er befand sich im Steigeflug. Schräg mit

Wind von achtern stieg er in die Höhe, um durch die Wolkendecke hindurch, den Schneesturm zu entgehen. Immer höher zog es ihm, eine atemberaubende Geschwindigkeit entwickelte sich und schon bald befand er sich in den verdichteten grauen Kumulonimbus, in den klassischen Gewitterwolken.

Es fing an zu wackeln und zu schaukeln. Ein auf und ab wie in der Achterbahn, wie das Fahren auf einer mit Schlaglöchern übersäten Piste. Dann endlich durchbrach er das Grau und sah in weiter Ferne, wie die Sonne noch friedvoll lachte und in der großen Stille sich langsam immer weiter hinter dem Horizont verschwand.

Santa nickte zufrieden und dachte an morgen. Da er heute etwas früher losgekommen ist, folgerte er, etwas früher Feierabend machen zu können. Das würde den Tieren und auch ihm zugutekommen, da sie sich länger ausruhen könnten.

Er freute sich schon auf den gemütlichen Abend im Altersheim mit den Senioren, die dieses Jahr Weihnachten mal anders erleben werden.

9. Es war doch ein Kollege, der genauso einen großen Sack schleppte wie Santa

Der Morgen nach Heiligabend beginnt für Santa immer damit, dass es eigentlich schon Mittag ist, heute ist bereits früher Nachmittag. Er war doch länger unterwegs als geplant. Das lag daran, dass er gerade dabei war, einen Schornstein herunterzusteigen, als er einen Mann beobachtete, der genau wie er einen großen Sack mit sich schleppte. Anstatt durch die Pforte an der Frontseite zu gehen, entschloss er sich auf der Rückseite des Gartens über den Zaun zu steigen, was nicht ungewöhnlich ist, wenn man unbemerkt bleiben möchte. Bei dem Zaun handelte es sich um einen Jägerzaun, eine Hürde mit x-förmig angebrachten Latten und nach oben hin spitz zulaufenden Enden.

Stöhnend brachte er einen halsbrecherischen Spagat zuwege, der jeden Stuntman vor Neid erblassen lassen würde. Er hob sein ausgestrecktes Bein über den hüfthohen Zaun und setzte es auf der anderen Seite ab. Doch als er das andere Bein hinüberhieven wollte, blieb er mit dem Hosenbein hängen.

»Verdammt, das fehlt mir noch«, fluchte er sanft, wobei er das Gleichgewicht verlor und der Nase lang im Schnee landete.

Santa erschrak, als er sah, wie er fiel.

»Mensch Kollege«, flüsterte er von Dach herunter. »Hast du dir was getan?«

Er war der Meinung, dass es sich bei dem Individuum um einen Kollegen handeln musste, schließlich ist er genauso abgefahren gekleidet und schleppt genau wie er einen großen Sack mit sich herum.

Da man unter Kollegen hilfsbereit ist, entschloss sich Santa vom Schornstein herabzusteigen, um den Mann auf die Beine zu helfen. Doch der war schneller und kämpfte sich wie ein altersschwacher Bär aus dem Schnee. Er klopfte sich die weißen Eiskristalle von der Kutte und stellte fest, dass das eine Hosenbein einen erschreckend großen Riss aufwies.

»Verdammter Jägerzaun«, fluchte er mit gedämpfter Stimme und stellte dabei fest, dass er sich nichts gebrochen hatte. So nahm er seinen Sack und marschierte weiter auf das Einfamilienhaus zu.

Vor eines der Fenster blieb er stehen, benutze seine Hände wie Scheuklappen und musterte sorgfältig den Innenraum.

»Pssst, pssst«, flüsterte Santa. »Hier oben durch den Schornstein. Da kannst du unbemerkt hineinkommen.«

Doch der Mann hörte nichts, ging zum nächsten Fenster und lies auch dort seinen Blick durch den Innenraum schweifen.

»Scheint neu im Geschäft zu sein«, murmelte Santa sich in den Bart und entschloss, nun doch hinunterzusteigen. Jung, unerfahren und hilflos stand der Mann vor dem Fenster, als Santa auf ihn zukam.

»Hey Kumpel«, rief Santa, »bist neu im Geschäft, was?«

»Was geht dich das an, verpiss dich«, entgegnete ihm der Mann. »Das ist mein Haus hier, da steig ich ein, klar?«

»Entschuldige, ich wollte dir nur ein paar Tipps geben. Weißt du, ich mache das schon seit …, ach ich weiß nicht wie lange, jedenfalls schon viele, viele Jahre und immer hat es funktioniert. Keiner hat mich bemerkt, wenn ich mich in aller Ruhe im Haus umsah. Alle haben sie tief und fest geschlafen.«

»Keiner hat dich bemerkt«, erstaunte des dem Mann. »Und welche Zutrittsmöglichkeit nutzt du, um ins Haus zu kommen? Die Tür? Das Fenster? Den Keller? Die Dachluke?«

»Meistens den Schornstein.«

»Den Schornstein? Sag mal willst du mich verarschen?«

»Hör mal Junge, ich bin zwar alt und grau, aber noch nicht blöd. Ich mach das seit zig Jahren und bisher hat es immer funktioniert. Ich hab da die Erfahrung.«

»Na durch den Schornstein, da passt du doch gar nicht durch. Sieh dich doch mal an,« spottete der Mann und warf einen bezeichnenden Blick auf den immensen Bauch von Santa.

»Naja, das liegt wohl daran, dass ich in den Häusern immer irgendwas zum Essen finde und ich mich dann gemütlich darüber hermache. Manchmal finde ich sogar eine Gänsekeule mit Rotkohl, aber die ist dann schon kalt.«

»Du isst noch während deiner Arbeit?«

»Ja manche Leckereien sehen wirklich köstlich aus und riechen so appetitlich. Naja und nach Feierabend muss ich dann immer wieder ein bisschen kürzertreten, sonst passe ich eines Tages wirklich nicht mehr durch den Schornstein. Aber mit meiner besonderen Technik und vor allem mit gutem Training bin ich überall noch gut durchgekommen.«

»Gutes Training«, bemerkte der Mann kopfschüttelnd. »Deine besondere Technik kannst du mir zeigen wie die funktioniert?«

»Warum nicht. Auch du kannst sie

erlernen.«

»Und du meinst, ich könnte das auch kapieren unbemerkt ins Haus zu kommen und das durch den Schornstein? Das wäre ja echt der Wahnsinn. Äh ich heiße übrigens Pit und wie heißt du?«

»Santa …, Santa Claus.«

»Ist das dein Pseudonym?«

»Ne, ich heiße wirklich so.«

»Hä, hä, jetzt willst du mich wirklich verarschen.«

»Warum sollte ich. Ich bin wirklich Santa Claus, der Weihnachtsmann.«

»Du bist doch nicht etwa aus der Klapse getürmt?«

»Nein ich komm nicht aus der Klapse, ich bin normal.«

»Hm. Von wo kommst du denn her?«

»Von ziemlich weit weg.«

»Und wo parkt dein Auto?«

»Ich habe kein Auto.«

»Hallo! Du willst mir doch nicht erzählen, dass du den langen Weg von ziemlich weit weg hierher zu Fuß gemacht hast?«

»Nein das nicht. Ich bin mit dem Schlitten hier.«

»Ach nun komm, hör auf so einen Scheiß zu erzählen. Erst Weihnachtsmann, dann Schornstein und jetzt Schlitten? Sag mal hältst du mich für bekloppt?«

Solche Äußerung lässt Santa nicht auf sich beruhen. Er wandte sich von dem Mann ab, der sich als Pit vorgestellt hatte, ging ein Stück in den Garten, schaute zum Dachfirst und pfiff kurz.

»Der hat wirklich den Schuss nicht gehört. Der nimmt sich noch die Zeit, um gemütlich zu essen, nachdem er die Stereoanlage in seinen Sack gefüllt hat«, flüsterte Pit zu sich und kreiste mit dem Zeigefinger um seine Schläfe, um damit anzudeuten, dass er einen Knall hat. »Und dann bildet der sich noch ein, der Weihnachtsmann persönlich zu sein. Ha, ha, ha. In drei Monaten ist er dann vielleicht der Osterhase.«

Dabei beobachtete er Santa, wie er vorsichtig zwei Finger zu den Lippen führte, fast lautlos pfiff und dann seine Hände in die Höhe streckte.

»Jetzt fängt der noch an zu beten«, bemängelte er. »Der ist doch tatsächlich …«

Doch Pit kam nicht weiter, denn was er jetzt sah, ließ ihn den Atem stillstehen. Seine Augen und sein Mund waren weit aufgerissen, die Augenbrauen nach innen gebogen und sein Körper leicht nach vorne geneigt. Überrascht erstarrt stand er da und brachte kein Wort aus sich heraus.

Vor ihm, in einem sanften Schwebeflug gleitend, bewegte sich ein fast voll beladener knallroter Schlitten, mit farbgleichen Trittbrettern an den Schwellern, Sportfahrwerk, Aluholmen und seitlichen NPS Logos, zu Boden. Vorne weg, die Rentiere Dancer, Dasher, Vixen, Prancer, Cupid, Comet, Blitzen, Donner und als Anführer Rudolph, dessen Nase vor Freude glühte, wie die leuchtende Sonne kurz vor dem Untergang.

Pit stand immer noch erstarrt da und als Santa ihm die Rentiere vorstellte, diese daraufhin ihm zunickten, fiel er wie ein Brett rückwärts in den Schnee.

»Ey Kumpel«, was ist los, erschrak es Santa, der sofort zu Pit lief.

Er klatschte mit der Handfläche leicht an die Wange, um ihn wieder wach zu machen. Nach einer Weile hielt er jedoch inne, prüfte seinen Atem, in dem er seine Wange an Pits Mund hielt, und legte danach sein Ohr an dessen Brust, um den Herzschlag zu hören.

Pit war ohnmächtig. Jetzt halfen nur noch eine stabile Seitenlage und der Notarzt. Er könnte aber auch die Anwohner in dem Haus aus dem Bett klingeln und sich mürrisch vom Ehemann vom Hof jagen lassen mit der Begründung, was ihm einfiele, um diese Uhrzeit an der Tür zu klingeln. Nein da wäre der Notarzt schon besser. Zumindest könnte er die Zeit bis zum Eintreffen damit nutzen, die Geschenke im Haus abzuliefern und unbekannt zu verschwinden.

Gesagt getan. Santa holte eine Wolldecke vom Schlitten, wickelte Pit damit ein, nahm sein Handy und rief die Notfallzentrale an.

»Hier ist Santa Claus. Ein Kollege von mir liegt hier ohnmächtig im Garten.«

»Wer ist da?«

»Santa Claus, der Weihnachtsmann.«

»Haben sie was getrunken?«

Wieder so ein unglaubwürdiger Mensch, der denkt, dass nichts existiere, was er nicht mit seinem Verstand begreifen könnte.

»Nein, ich trinke nicht während der Arbeitszeit«, antwortete Santa.

»Dies ist die Notrufzentrale und kein Kindergarten.«

»Das weiß ich doch. Aber hier liegt wirklich einer ohnmächtig im Schnee. Kommen sie bitte sofort.«

Er gab die Adresse durch, legte danach auf, bestieg den Schlitten und ließ sich auf den First des Hauses bringen, damit er endlich durch den Schornstein seine Geschenke bringen konnte.

Während Santa noch die letzten Geschenke unter dem Tannenbaum drapierte, hörte er in der Ferne die Sirenen eines Fahrzeuges, das sich näherte. Sein streuendes blaues Licht funkelte langsam immer stärker werdend durchs Fenster. Schnell musste Santa verschwinden, bevor auch die Sanitäter ihn für einen Bekloppten halten und ihn womöglich einsperren.

Und gerade in dem Moment, wo Santa die Kurve kratzte, fuhr auch schon der Rettungswagen an dem Grundstück vor. Männer in rot/weißer Bekleidung stürzen heraus, liefen zu Pit und führten eine medizinische Erstversorgung durch.

Für Santa wurde es Zeit, seine Arbeit schnellstens zu verrichten, denn die bisher vertrödelte Zeit, warf ihn um einiges zurück und so kam es, dass er seinem Körper ein bisschen mehr Ruhe gönnte und somit erst am frühen Nachmittag wach wurde.

10. GdW, die Gewerkschaft der Elfen und Wichtel räumt das legitime Recht ein, Urlaub zu machen

Santa saß immer noch in seinem roten T-Shirt – mit der Aufschrift: Nächstes Jahr wird gestreikt – und seiner grünen langen Unterhose mit braunen Rentiermustern auf der Bettkante. Er war gerade aus einem tiefen traumlosen Schlaf erwacht.

Gelassen schaute er auf seine zerknüllte Bettwäsche, auf die flauschige Decke mit dem sehr detaillierten winterlichen Motiven. Dabei dachte er darüber nach, dass es doch eine undankbare Erscheinung sei, sich früh morgens aus dem kuscheligen warmen Bett herauszuquälen, nur um die effiziente Gestaltung und konstruktive Weiterentwicklung des Unternehmens zu gewährleisten. Doch was wäre Weihnachten ohne Santa.

Oje, eine schreckliche Vorstellung. Es gäbe keinen kindhaften Glauben mehr, keine Poesie, keine Romantik, die das Leben erleichtert. Auch keine Großherzigkeit und Freude, die das Leben im Übermaß zur höchsten Vollendung führen würde.

Es klopfte. Santa stand auf, ging zur Tür und öffnete sie.

»Guten Morgen Santa«, rief der Office-

Commander und betrat den Raum. Er trug eine dicke Mappe bei sich, die er während des Durchschreitens der Wohnung öffnete und darin herumblätterte. Santa folgte ihm bis zum Wohnzimmertisch, dort saßen sie sich hin.

»Wie du weißt, versuche ich unter bestimmten Rahmenbedingungen jedes Jahr Vorgänge mithilfe von Zahlen allgemein zu charakterisieren. Mir liegt der erste Überblick einer Statistik vor, die eine negative Entwicklung aussagt.«

»Glaube keiner Statistik, die du nicht selber gefälscht hast«, murmelte Santa fast lautlos in seinen Bart.

»Bitte? Ich hab dich nicht verstanden«, äußerte sich Melvin der Office-Commander.

»Ich wollte nur wissen, welche Erkenntnis du aus deiner Statistik gewonnen hast.«

»Santa, ich will dir nicht zu Nahe treten, aber wir müssen was tun. Der Tag hat nun mal nur vierundzwanzig Stunden und keine zweiunddreißig. Es ist der biologische Abfall, ein individueller Prozess, der die Motorik des Menschen verlangsamt. Mit zunehmendem Alter wird der Bewegungsablauf langsamer und die Reaktionsgeschwindigkeit sinkt. Ältere Menschen bewegen sich daher bedächtiger, auch wenn sie noch nicht unter Gelenkschmerzen oder Arthritis leiden.«

»Jetzt rede nicht lange um den heißen Brei herum und sage mir, worauf du hinaus willst!«

»Nun gut, ich will gleich auf den Punkt kommen. Dieses Jahr hast du mit Abstand die schlechteste Zeit erreicht, um die Geschenke zu verteilen.«

»Das lag nur an dem Kollegen, den ich getroffen hatte. Der war noch so unerfahren und ich wollte ihm nur ein paar Tricks verraten. Doch dann fiel er plötzlich in Ohnmacht und ich musste erstmal den Rettungsdienst benachrichtigen. Konnte ihn doch nicht so einfach im Schnee liegen lassen.«

»Santa, das war kein Kollege, das war ein Einbrecher. Der hat sich nur als Weihnachtsmann verkleidet, weil er dann weniger auffällt. Der wollte das Haus ausplündern.«

»Der wollte was? Das war doch so ein netter Kerl.«

»Okay lassen wir das. Kommen wir zum Kernpunkt zurück. Santa, du musst dir Kinder anschaffen, die später mal deine Konzepte weiterverfolgen.«

»Braucht man dafür nicht erstmal eine Frau?«

»Nun ja, für die Produktion eigentlich

schon, aber es geht auch einfacher.«

»Einfacher?«

»Naja, man kann in der heutigen Zeit verwaiste Kinder adoptieren. Die würden sich freuen, ein Leben in einer neuen Familie zu führen. Der Vorteil ist, dass die Wartezeit von neun Monaten entfällt, dass man das Babygeschrei umgeht und das manche sich schon in einem schulpflichtigen Alter befinden.«

»Hm. Müssen wir das jetzt besprechen?«

»Nein, aber so in den nächsten Jahren, sollten wir das nicht komplett vom Tisch fegen. Und nun zum Tagesgeschäft. Heute ist Weihnachtsfeier im Altenheim.«

»Seniorenresidenz!«

»Okay, Weihnachtsfeier in der Seniorenresidenz. Wir haben fast alles für den Abtransport bereitgestellt. Gisbert, der Wichtel der musischen Kunst hat ein einigermaßen gutes Ensemble von Musikern zusammengestellt, die mit ihrer umfassenden Musikauswahl thematisch und situationsangepasst auf das Veranstaltungsgeschehen eingehen können. Die Dekoration ist zusammengestellt und so in Kartons verpackt, dass sie schnellstens zum Zieren unversehrt wieder entnommen werden kann. Gusteau bereitet die letzten

Speisen noch zu, richtetet sie dann an und verstaut sie in entsprechende Chafing-Dish und Kühlboxen. Und hier noch das Hörgerät.«

Er gab Santa ein Gegenstand, der so klein war, dass er fast durch den Spalt zweier Finger hindurch rutschte.

»So ein lüttes Ding? Das ist ja nicht größer wie eine Wanze.«

»Falls du das Haustier meinst, das mit dir gemeinsam im Bett schläft, liegst du falsch. Die Bettwanze ist viel kleiner. Meinst du aber das Gerät zur akustischen Verfolgung eines Gespräches, dann könntest du recht haben.«

»Ja aber wie schnell kann man so was verlieren.«

»Daran hat der Mechanics-Imp auch schon gedacht und es GPS-fähig gemacht. Bei Verlust kann es bis auf einen Meter über Satellit geortet werden.

»Wow.«

»Und damit du es nicht noch verlierst, habe ich hier eine Extragroße samt bezogene Schmuckschatulle für das Hörgerät fertigen lassen. So kannst du es der Dame dann übergeben.«

»Gut, aber dafür haben wir noch etwas

Zeit. Ich muss erstmal richtig wach werden.«

Dabei stand Santa auf, kratzte sich am Hinterkopf und bewegte sich Richtung Haustür.

»Ich muss erstmal einen Kaffee haben, hoffe das die Elfe Elif noch frischen hat.«

»Du willst doch nicht etwa in dem Aufzug in die Fabrikationshalle hinausgehen«, fragte der Office-Commander.

»Warum nicht«, antwortete Santa, schaute dann anschließend an seinem Körper herunter und stellte fest, dass er noch in seinem Schlafanzug steckte.

»Oh«, meinte er darauf, ging zum Kleiderschrank, öffnete ihn und holte eines der Weihnachtsmannkostüme heraus. Es waren mindestens dreißig Stück, die da hingen, alle mit dem gleichen Schnitt, der gleichen Farbe mit dem weißen Pelzbesatz, den gleichen goldenen Knöpfen, dem gleichen schwarzen Gürtel und der gleichen roten Hose, allerdings alle mit Gummizug am Bund.

Das liegt daran, dass sich ein Knopf nicht ohne Gefahr schließen lässt. Denn dieser könnte wie der Pfeil einer Armbrust aus der Hose schnellen und unschuldige Menschen oder Gegenstände zertrümmern.

Unten im Schrank stand tunlichst die gleiche Anzahl an Stiefeln, nur mit dem Unterschied, dass alle noch so gut wie neu aussahen, während ein Paar ein besonders schräges und ausgefallenes Schuhdesign hatte. Es waren die Schuhe, die täglich getragen wurden, die schon viele Jahre überlebt haben und nun aussehen, wie ein ausgelutschtes Sofa.

Santa nahm seinen Anzug und ging ins Bad. Wieder stand er vor dem Spiegel und schaute hinein.

»Ich sehe ja vielleicht beschissen aus«, sprach er zu sich. Zuerst sah er nur kleine Falten, die sich um die Augen gelegt hatten und das Gesicht dazu noch eine übertriebene Blässe zierte. Dann jedoch bemerkte er, dass sein Gesicht mehr Falten hatte, als je ein Leinensakko nach einem Langstreckenflug aufweisen könnte, dass selbst die Falten schon Falten bekamen.

»Man wird eben nicht jünger, mit den Jahren«, brummte er unverständlich vor sich hin und machte sich daraufhin fein.

»Kann ich mir mit diesem Aussehen einen Kaffee bei Elfe Elif abholen«, fragte Santa und kokettierte mit leichten kreisenden Hüftbewegungen vor dem Office-Commander herum.

»Das Aussehen wird schnell mit dem

Absehen assoziiert, da ein schlecht aussehender Santa schnell einsehen muss, dass er davon absehen kann, jemals von Elfe Elif einen Kaffee zu bekommen.«

»Hä?«

»Vergiss es!«

Sie verließen die Wohnung und schon befanden sich wieder in der Werkshalle. Santa blieb stehen und horchte. Es war ruhig, äußerst ruhig. Eine gefräßige, friedliche, sonntägliche Ruhe der Gelassenheit und Entspannung lag in der Luft. Als wenn man rauschende Wellen, mit einem Bügeleisen beruhigt hatte.

»Warum ist es so ruhig hier«, fragte Santa.

»Hallo, schon mal was von der GdW gehört, die Gewerkschaft der Elfen und Wichtel, die den Arbeitern das legitime Recht eingeräumt haben, nach Heiligabend Urlaub zu machen?«

»Naja, nach den vielen Tagen, Wochen und Monaten, an denen es von morgens bis abends immer hektisch was zu tun gab, die Vorbereitung, das Planen und Organisieren und die enorme Anspannung, da fühlt sich nun diese Ruhe etwas fremd an.«

Augenblicklich kam Elfe Elif auf Santa zu. Es ist wieder dieses junge Mädchen mit dem rot-grünen Kleid in Samtoptik, mit dem breiten Gürtel, der besonders ihre Taille betonte und eigentlich jedes Männerherz wie ein Käsesandwich kilometerweit zum Schmelzen bringen würde.

Wieder trug sie diese rot/weiß gestreiften Strümpfe, rote High Heels und einen zum Kleid passenden Hut mit zwei weißen Bommeln. Und wie jeden Morgen oder auch Mittag sprach sie mit sanfter Stimme:

»Guten Morgen Santa. Hier dein Kaffee …, mit wenig Zucker …, aber viel Sahne.«

Und wie jeden Morgen antwortete Santa:

»Danke mein Kind,« nahm den Kaffee und fing an, an der heißen Brühe zu schlürfen.

»Was machen die neuen Rentiere«, fragte Santa nach geraumer Zeit zu dem Office-Commander.

»Ich hatte mir einige Angebote günstiger Firma eingeholt, wie zum Beispiel von Bundgeld Ren-Vermietung, Rent-a-Rentier und Ren2go. Aber was nützt es, wenn man bei dem Angebot fünfzig Prozent spart, aber das Flugverhalten gar nicht in meinem Sinne ist. Oder, wenn sie mit zu wenig Moos gefüttert wurden. Wie du weißt, steckt im Moos eine Chemikalie, die das Blut der Rentiere davon abhält zu gefrieren. Es ist wie das Frostschutzmittel für die Scheibenwischanlage im Auto. Ja und dann stell dir mal vor, die bleiben ständig im Schnee stecken, weil ihre Hufe nicht elastisch genug sind, sich beim Aufsetzen zu verbreitern. Willst du jedes Mal den Abschleppdienst rufen?«

»Ich merke schon, du denkst mit. Und für welchen Anbieter hast du dich letztendlich entschieden?«

»Ich hab mich für Europ-ren – Moving you flight entschieden.«

»Gut dann lass uns langsam anfangen. Bring beide Schlitten ins Abflugterminal und fangt an den Rudolph-2000 zu beladen. Ich komme gleich dort hin. Ich hab noch eine klärende Diskussion mit der Kloschüssel.«

»So genau wollte ich das nicht wissen«, bemäkelte der Office-Commander.

Daraufhin verschwand Santa und blockierte für die nächste halbe Stunde das stille Örtchen.

11. Eine Sightseeingtour mit schwindelerregendem Ausblick über eine illuminierte Stadt

Als Santa das Abflugterminal betrat, waren bereits einige Wichtel damit beschäftigt, Dancer, Dasher, Vixen, Prancer, Cupid, Comet, Blitzen und Donner einzuspannen. Zwei von ihnen kamen als Stangenrene vor dem Schlitten, zweimal zwei wurden jeweils an eine Mitteldeichsel befestigt und die übrigen zwei, gingen als Vortrab.

Dann kam Rudolph, erhobenen Hauptes in die Halle. Stolz lief er an seinen Kumpels vorbei, ließ seine Nase einmal kurz aufleuchten und stellte sich dann ganz nach vorne vor dem Gespann.

Nachdem sämtliche Rene angespannt waren, der Rudolph-2000 zusätzlich noch beladen wurde, fragte Santa:

»Und, alles abflugbereit?«

»Alles klar, es kann losgehen«, antworteten die Wichtel.

»Gut, dann aufsetzen und los.«

Das Rolltor öffnete sich und die Rentiere zogen den Schlitten hinaus in die Kälte. Santa lenkte den Schlitten gegen den Wind. Das Wetter ließ es heute zu, von der

Startbahn 17/19 zu starten. In geräumigen Abständen standen Wichtel mit Fackeln am Rand der Rollbahn, als Befeuerung und gleichzeitig als seitliche Begrenzung.

Und dann ging es los. Mit einem Start, der den Wind wie eine Druckwelle den Wichteln entgegenschlug und dessen Fackeln zum Erlöschen brachte, startete das Weihnachtsmann–Rentier-Gespann. Schnell gewann es an Fahrt und Höhe.

Welch ein herrlicher Ort, der Himmel, mit seinen unendlichen Weiten voller Liebe, voller Frieden, voller Freude. Die Welt liegt einem zu Füßen und es ist, als wenn man auf einer Wolke schweben würde.

Die Rentiere zogen den Santa-5000 derzeitig mit einer Geschwindigkeit von vierhundertzweiunddreißig Meilen pro Stunde durch die klirrende Winterluft. Mit genügend Abstand folgte ihm der Rudolph-2000. Santa blicke auf seinen digitalen X-Mas Chronometer und nickte zufrieden. Er war gut in der Zeit.

Dann sah er in unmittelbarer Entfernung das Grundstück der Residenz und auf der Estrade standen sie tatsächlich alle, Gerda, Alma, Marion, Ernst, Franz und Michael.

Santa lenkte die Rentiere in einen steilen Sinkflug, um direkt vor der Treppe zu landen. Mit einer Sinkrate von dreihundert

Fuß pro Minute näherte sich der Schlitten dem Ground contact. Langsam schwebte er der Landestelle entgegen. Noch achtzig Meter, sechzig Meter, vierzig, zwanzig, zehn, fünf. Bodenkontakt, geschafft!

Santa bremste die Rentiere ab und zog die Schlittenbremse an. Dann erhob er sich und schaute die Treppe hinauf zum Eingang. Da standen sie alle und schauten zu ihm hinab. Einige blickten skeptisch, hatten einen kleinen schmalen Mund und dabei eine Augenbraue hochgezogen, damit das Auge größer wirkt. Andere wiederum hatten ein erstauntes Gesicht, mit weit aufgerissenen Augen und weit aufstehenden Mündern.

»Ho ho ho«, rief Santa. »Da bin ich wie versprochen. Darf ich euch mal alle zu mir bitten?«

»Was hat er gesagt«, fragte die schwer hörende Gerda.

»Dass wir zu ihm gehen sollen«, antwortete Michael.

»Stimmt, der Kaffee wird von Tag zu Tag schlechter.«

»Nicht Kaffee, hin zu ihm gehen!«

»Ja so ein ein Kaffee ist eine gute Art alte Leute zu vergiften.«

»Ach halt n' Sabbel,« winkte Michael ab.

»Ja, das stimmt, das Brot war ein bisschen hart.«

Michael winkte nochmals ab, nahm Gerda am Arm und schritt mit ihr und den anderen etwas ungläubig die Treppe herunter. Während die Damen Santa umarmend begrüßten und ein Schwätzchen hielten, Gerda mit dem Hörgerät ausstattete wurde, inspizierten die Männer erstmal den Schlitten.

Auch, wenn der Lack schon abblättert und der Rost sich durch die Substanz frisst. Wenn der Lappen der als Tankdeckel im Winde weht und der Motor alle hundert Meter einen Liter Benzin schluckt, würde ein Mann niemals auf sein Auto verzichten. Männer und die Technik, ein unschlagbares Duo und so bestaunten sie das Vehikel.

»Der sieht richtig schick aus«, meinte Michael. »Mit aerodynamischen Kurven, einer allerdings gewöhnungsbedürftigen Innenausstattung, aber in seiner perfekten Form und seiner unscheinbaren Schönheit ein tolles Gefährt.«

»Das mein ich aber auch«, bestätigte Ernst.

»Ein offener Sportwagen«, erstaunte es Franz. »Ein Sportwagen, der durch eine euphorische Fahrweise das Brausen des Windes um die Ohren spüren lässt. Ein

Gefährt, in dem man die Wärme der Sonne in jeder Lage verspürt und der einem das Gefühl von Freiheit und Verbundenheit mit der Natur gibt. Eine Regeneration vom Alltag und gleichzeitig die Quelle neuer Lebenskraft. Ein Fahrzeug für den Schönwetterausflug, ein Cabrio.«

»Drönbüddel, das ist kein Cabrio, das ist ein Schlitten«, bemerkte Michael.

Santa kam zu den Männern, die immer noch mit der Inspektion beschäftigt waren, und sprach:

»Tja das ist ein Santa-5000, ein Gefährt, dass zu einem klaren Diamanten geschliffen wurde.«

»Sag mal, bist du tatsächlich der Weihnachtsmann?«

»Ja meint ihr ich hab euch belogen? Ich bin wirklich Santa Claus der Weihnachtsmann.«

»Und mit dem Ding da kann man fliegen?«

»Schon!«

»Sag mal«, stupste Michael den Santa an, »kann ich mit dem Ding da mal eine Runde drehen?«

»Hast du einen Schlittenführerschein?«

»Äh …, Schlittenführerschein? … Nee!«

»Ich mach dir einen anderen Vorschlag.« Santa erhob leicht seine Hand, wandte sich an alle und sprach dann weiter:

»Ich habe eine Überraschung für euch. Ich lade euch jetzt und hier zu einer Schlittenfahrt über der Stadt ein. Ihr werdet verzaubert von der romantischen Kulisse einer festlichen Beleuchtung. Erlebt eure Umgebung in einem ganz anderen Licht und genießt die feierliche Aussicht, die sich aus einer Vogelperspektive ergibt.«

Erstaunt sahen sie alle Santa an und nach geraumer Zeit erhob Ernst als Erster das Wort:

»Och, warum nicht, der Tod findet uns überall.«

»Sag mal, du hast ja wohl kein bisschen Pietät«, bemängelte Franz.

»Pietät ist ein Grundbegriff des Konfuzianismus und bedeutet, dass die Kinder für die Eltern aufkommen sollten und deshalb …, deshalb sind wir auch hier in einem Armenhaus gelandet.«

»Ihr braucht keine Angst zu haben«, unterbrach Santa die langsam ausschweifende Diskussion. »Bei mir seit ihr sicher wie in Abrahams Schoß. Schon der Start im Santa-5000 ist ein unbeschreibbares Gefühl. Ich bin sicher, dass ihr etwas erlebt, was ihr sonst nicht erlebt.«

Nachdem alle eingestiegen waren, schob Santa eine CD in die Musikanlage, um eine weihnachtliche Stimmung zu vermitteln. Der Schlitten verfügte über eine High End Surround Anlage mit einem 3½-Wege-Bassreflexsystem und Frequenzweichen, die mit den geringsten Innenwiderstandsspulen arbeiten, mit enormen spannungsfreien Kondensatoren und mit hochwertigen Metallfilmwiderständen ausgestattet sind.

Und schon ging es los. Wieder starteten die Rentiere zu einem Höhenflug und erreichten nach wenigen Minuten die Innenstadt. Auf dem Rathausplatz, der Weihnachtsmarkt. Eine winterliche Ansammlung von Buden, die bis Heiligabend noch Kunsthandwerk, weihnachtliche Dekorationen und festliche Leckerbissen angeboten hatten. Nun sind die Buden geschlossen, jedoch behielten sie die Festbeleuchtung bis zum Dreikönigstag aufrecht.

In der Mitte ein riesiger Tannenbaum mit seiner festlichen Beleuchtung, die aus Tausenden von Kerzen bestand. Geschmückt mit übergroßen Paketen, festlich eingepackt in goldenes Papier. Unterhalb der Traufen der umliegenden Häuser, Lichterketten, die verführerisch die Wände des Backsteinmauerwerkes beleuchteten.

In den Fußgängerzonen Seilbeleuchtungen, die von Hauswand zu Hauswand die Straßenbreite überquerten, mit Illuminationen von Kometen, Schleifen und Glocken und dem Schriftzug: frohe Weihnachten.

Mastbeleuchtungen in den Nebenstraßen mit Kerzen, Bäumen und Sternen. So werden sogar Straßenlaternen zu einem weihnachtlichen Blickfang – mit außergewöhnlicher Tiefenwirkung.

Auf der gegenüberliegenden Seite Beleuchtungen, die in einem rechten Winkel zur Hauswand angebracht wurden, mit Weihnachtsmännern, Tannenbäumen und Mond- und Sternmotiven.

Dann eine Allee, eine auf beiden Seiten von Bäumen begrenzte Straße. Die Äste, die sich durch den Schnee schwer zu Boden neigten, waren bis in die Kronen mit LED-Lämpchen versehen. Ein Anblick wie in einem zauberhaften Märchenwald.

Alles erstrahlte so in einem festlichen Glanz, in eine stimmungsvolle Weihnachtsdarlegung. Passend dazu der Weihnachtsvers von Josef von Eichendorf:

Markt und Straßen steh'n verlassen,

> hell erleuchtet jedes Haus,
> sinnlich geh ich durch die Gassen,
> alles sieht so friedlich aus.

Staunend schauten Santas Fahrgäste hinunter, konnten kaum ein Wort finden, um die Schönheit mit Worten zu belegen.

Santa gab Michael die Zügel.

»Was soll ich damit«, fragte Michael.

»Du wolltest doch mit dem Ding eine Runde drehen.«

»Ja schon aber …, naja so lange ich nicht Landen muss.«

Michael nahm die Zügel und Santa gab ihm in drei Sätzen mehr Informationen für die Bedienung des Schlittens, als ein Fluglehrer in einem Jahr geben würde.

Selbstbewusst lenkte er das Gespann im Kreise. Es war bestimmt ein Erlebnis, das Kinderträume wachrief: einmal Pilot sein!

Auch für Ernst war es was Besonderes. Es war der erste Flug seines Lebens, zwar nicht mit der alten Tante Ju, aber mit so was Ähnlichem. Und auch Franz saß zwar nicht in einem richtigen Rennsulky, sondern eher in einem Speedwagen. Für Alma waren die Bewegungen der Beleuchtung in dem sanften Wind wie eine Varietévorstellung und auch Marion kam sich mit der weihnachtlichen Hintergrundmusik vor, als wurde sie einem Musical zusehen. Und Gerda? Gerda brauchte sich mit dem Zuhören nicht mehr so anzustrengen. Weihnachten mal anders erleben, mal was ganz Besonderes.

Ja sie waren alle zufrieden und bestaunten das bezaubernde Lichtermeer, das ihnen quasi zu Füßen liegt.

Und als Santa wieder vor der Seniorenresidenz landete, schwärmten sie mit leuchtenden Augen immer weiter:

»War das nicht wunderschön? Und all die vielen Lichter.«

»Das würde ich sofort wieder machen.«

»Oh Santa ich danke dir«, rühmte Gerda und Ernst meinte:

»Dass ich noch mal an den Weihnachtsmann glauben würde …, in meinem Alter …«

»Keine Ahnung«, bemerkte Michael, als man ihn nach der Flugerfahrung fragte. »Irgendwie kommt es mir im Nachhinein so vor, als hätte ich die ganze Zeit nur auf die Instrumente geschaut und dadurch gar nicht gemerkt, dass ich das Ding selber fliege, aber es war einmalig.«

Ja sie haben etwas erlebt, was sonst

niemand erleben wird.

»Ich habe noch eine weitere Überraschung für euch. Ihr sagt doch, ihr seit fit wie noch nie. Was haltet ihr von einer Party?«

»So ne richtige Party«, fragte Franz. »Also wenn ich früher mit meiner Frau gefeiert hatte, Junge das war dann aber ein anderer Schnack, immer mit Musik und Tanz und immer mal wieder links um den Pfeiler und rechts herum …«

Dabei bewegte Franz sich im Tanzschritt um die Gruppe herum und sprach:

»Und eins zwei drei und eins zwei drei.«

Doch nach einem kurzen Augenblick blieb er dann stehen und fasste sich an die Hüfte. Alles fing an zu lachen, wobei Michael zu Santa schaute und erwähnte:

»Er gibt mal wieder groß an. Kein Verstand im Kopf, aber so mögen wir ihn.«

»Ach ihr hättet mich mal damals sehen sollen, kein Tanz hab ich ausgelassen, alles blieb schön harmonisch. Heute bin ich nur noch ein alter Mann.«

»Harmonie, so hieß meine Stammkneipe früher«, berichtete Ernst. »Man Kinners, was haben wir da gescherbelt.«

»Ach ja und mein Egon«, meinte Gerda,

»der hatte vielleicht Temperament. Wie der mich durch den Saal gefegt hatte. Mein lieber Scholli.«

»Na dann scheint ja alles in Ordnung zu sein, dann lass uns Party machen.

12. Die Ü-siebzig Party

Gemeinsam betraten sie das Haus und kaum standen sie im Foyer, konnte man auch schon das rhythmisch wiederkehrende triefe Bumm-Bumm des Schlagzeugbasses, das scharfe Tscha-Tscha des Beckens und das Tsssss des Hit-Hats hören. Daneben das warme wohlklingende Schwingen einer Rhythmusgitarre, dessen Ton beim Loslassen der Saite ausklang, sowie der Bassgitarre mit ihrem stumpfen Dum-Dum-Dum.

Dann die Stimme des Leadsängers. Santa spitze die Ohren, konnte allerdings nicht die beruhigende Musik eines Weihnachtsliedes vernehmen, sondern eine Danceorientierte Version von Stille "Nacht, Heilige Nacht" mit der Textfortsetzung: "… das Bier wird knapp, drum komm ich herab." Und plötzlich stimmten immer mehr Gesangstimmen in diesen Song ein. Der Chor schwoll an und das gesamte Foyer füllte sich augenblicklich mit Musik.

Marion fing sofort an zu tanzen, neigte sich ein wenig nach vorn, hob dabei die rechte Hand in die Höhe, die Linke etwas niedriger und drehte sich im Kreise.

»Oh guck mal dieser Hüftsprung«, bewunderte Ernst.

»Ich tanze nun mal gerne. Bewegung und Tanz gehören zusammen, und wenn ich Musik höre, dann muss ich einfach tanzen.«

»Wollen wir dann ein Tänzchen wagen?«

»Ja warum nicht«, und schon schwebten sie beide den Flur entlang.

»So ein Tanz das ist doch schon ein Stückchen Philosophie«, meinte Michael. »Der Tanz belebt den Menschen und seine Sinne.«

Während Santa den Flur entlang ging, schwebte tänzerisch die Meute hinter ihm her und je näher sie dem Aufenthaltsraum kamen, umso mehr wuchs die Lautstärke der Musik an, wie das Crescendo eines Orchester. Dann standen sie vor der Tür.

Santa lauschte dem Geschehen im Inneren des Raumes, drehte dabei seinen Kopf seitlich nach rechts, um die Geräusche mit dem linken Ohr besser auffangen zu können. Es schien mächtig was los zu sein. Stolz durchlief seinen Körper, als er die Gesangseinlage der Mitbewohner hörte, stolz, dass seine Wichtel eine solch großartige ausgelassene feierliche Stimmung mit ihrer Musik aufbrachten.

Langsam öffnete er die Tür, und als er in den Raum hinein blickte, erstaunte es ihm ein wenig. Aber nicht nur ihm erstaunte es.

Alma, Gerda, Marion, Michael, Franz und Ernst standen mitten im Türrahmen und bekamen ihr Münder nicht mehr zu. Sie bewunderten die außergewöhnliche stilvolle und perfekt abgestimmte Dekoration für dieses extravagante Fest.

Ja, der Raum war festlich hergerichtet, mit einem Tannenbaum, der bis zur Decke reichte und mit hübschen Weihnachtswichteln und süßen Schneemännern, traumhaften Engeln und anmutigen Rentieren, sowie mit gläsernen roten und goldenen Kugeln geschmückt.

Auch die Tische festlich dekoriert mit weißen Decken und charmanten roten Platzdeckchen. Kleine Stoffherzen lagen auf elegantem weißen Geschirr. Kunstvolle Teelichthalter setzten Akzente und ließen Schneeflocken aus Kerzenlichtern durch die Ausstanzungen tanzen. Über den Tisch hingen rote und weiße Papiersterne an der Decke.

Die Fenster waren umrahmt mit einer Tannengirlande, von der rot/weiß gebogene Zuckerstangen herunterhingen.

An der Stirnseite die Buffettheke. Darüber ein beleuchtetes Wanddekor mit drei imposanten verschieden großen Kerzen aus roten Metallgittern. Hinter den Flammenzungen kleine LED-Lämpchen, die durch die gelben Pailletten herausfunkelten.

In der Mittel eine freie Fläche, das Parkett auf der sich …,

… auf der sich unter anderen Santas Wichtel mit den Bewohnern der Seniorenresidenz vergnügten. Es wurde gerockt, was das Zeug hielt und es war schön anzusehen, dass die Leute im hohen Alter immer noch Spaß daran hatten. Beim Rock 'n' Roll schwenkten sie die Beine, bei langsamer Musik wurde eng getanzt, beim Paso Double wackelten sie mit den Hüften und beim Tango seitlich Wange an Wange. Sie tanzten, als wenn es kein Morgen geben würde, lachten, sangen und klatschten, tanzten im Sitzen, im Stehen, schunkelten und winkten, ja sie strahlten Lebensfreude aus.

Doch wenn Santas Wichteln sich mit dem Tanzen beschäftigen, wer spielt denn die Musik? Etwas verwundert schaute Santa drein, als er auf einem Podium als Bühnenersatz eine Gruppe von vier Männern sah, die zusammen nicht unter dreihundert Jahre einzuschätzen waren.

Es ist schon ungewöhnlich, wenn Opas sich hinter Schlagzeugen setzen oder zur E-Gitarre greifen, sich zu Buddy Holly, Elvis Presley und Jerry Lee Lewis durch die Musikgeschichte ihrer Zeit spielen und das ohne durchgestylte Outfits, aufwendigen Choreografien und ausgefeilten Showeffekten.

Es müssen ehemalige Musiker sein, denen es immer noch im Blut liegt und denen es immer wieder zur Bühne zurückzieht, obwohl die Groupies Backstage nicht mehr nach schnellem Sex, sondern nach etwas Haftcreme fragen.

Die Rolling Stones sind wohl das größte Vorbild für alle Rock-Veteranen. Schließlich schafften es nicht allzu viele Bands, über fünfzig Jahre ständig angesagt zu sein und gefeiert zu werden wie sie. Manchmal fragt man sich, ob ein über Siebzigjähriger nicht langsam genug vom stressigen Rock 'n' Roll Leben hat. Weit gefehlt. Mick Jagger plant immer wieder neue Welttourneen.

Verblüfft betrat Santa zusammen mit seiner Auswahl den Raum. Sofort verhallte die Musik und wechselte zu einem Trommelwirbel, der mit einem anschließenden Schlag auf das Effekt-Becken endete. Das Tanzen wurde unterbrochen und die Wichtel versammelten sich um Santa.

Der Office-Commander erhob sich aus der Menge und sprach:

»Liebe Gäste der Seniorenresidenz. Unser Gönner ist soeben eingetroffen und wir mögen ihn mit einem herzlichen Applaus begrüßen.«

Frenetischer, stürmischer Applaus durchzog sich dem Raum und endete erst nach Sekunden. Dann sprach Santa:

»Vielen Dank für die begeisternde Begrüßung. Für jeden ist der Weihnachtstag ein ganz besonderer Tag, denn es ist der Tag, an dem der Erlöser das Licht der Welt erblickte. Zwischen all dem Trubel, den Geschenken, den Glückwünschen und der Freude ist es auch ein Tag, um einmal inne zu halten und nachzudenken, dass das Leben nicht selbstverständlich ist und dass auch Freunde wie ihr es seit nicht selbstverständlich sind.

Auf besonderen Wunsch einiger Bewohner dieses Hauses, Weihnachten einmal ausgelassener zu feiern, als das klassische Beisammensein, haben wir das Fest der Liebe zu einer Party im Schlager-Rock-Dance Soundgewand zelebriert. Ich hoffe es gefällt allen.

Gekühlte Getränke und ein leckeres Buffet sollen den heutigen Tag noch abrunden. Doch bevor sie sich nun alle gleich auf das Buffet stürzen, möchte ich noch kurz etwas sagen. Und zwar: Bleibt so, wie ihr seid. Genießt das Leben noch weiter in vollen Zügen. Frohe Weihnachten und danke.«

Wieder erfüllte ein enthusiastischer Beifall den Raum, dann bewegten sich die Senioren langsam Richtung Buffet. Auch Gusteau der Gourmet-Wichtel lief hinterher, um beim servierfähigen Anrichten der Speisen behilflich zu sein. Dann war nur noch von dort das Geklapper des Geschirrs zu hören, sowie bewundernde Stimmen über die köstliche Speisenzubereitung.

»Sag mal«, sprach Santa gedämpft zu den Wichteln, »waren wir nicht so verblieben, dass ihr euch um die Musik kümmert?«

»Ach weißt du, sie wollten mal wieder ein Instrument in der Hand halten«, bemerkte Gisbert, der Wichtel der musischen Kunst. »Früher hatten die Vier, jeder für sich, mal musiziert. Einer hatte sogar eine musikalische Ausbildung gemacht. Tja, ich konnte einfach nicht Nein sagen, schließlich haben wir Weihnachten und da lehnt man solche Wünsche nicht ab. Und irgendwie haben die es ja noch richtig drauf.«

Einer von den Musikern kam auf Santa zu, schüttelte ihm die Hand und stellte sich als Peter vor.

»Und wie heißt du«, fragte er.

»Santa …, Santa Claus.«

»Ich meine deinen richtigen Namen. Das du Santa Claus bist, dass sehen wir alle.«

Wieder einer, der die Glaubwürdigkeit einer Person anzweifelt. *Wie gern würde ich daran glauben …, aber nur, wenn es wahr ist.* Dieses Zitat aus Doktor Schiwago sagt viel aus und gilt heute im besonderen Maße noch, wenn von Glaubwürdigkeit die Rede ist.

»Alle kennen mich nur als Santa, warum sollte ich einen anderen Namen haben«, bekam er als Antwort.

»Naja, weil doch Santa Claus oder auch der Weihnachtsmann mehr oder weniger nur ein Mythos, eine Geschichte ist.«

»Wer sagt das?«

»Das weist doch jedes Kind.«

»Und was denkst du? Wie stellst du dir den Weihnachtsmann oder denn Santa Claus vor?«

»Keine Ahnung!«

»Viele Menschen und vor allem Kinder leben oft und gern in einer Fantasiewelt, in der es auch gute Wesen gibt, die ihnen helfen und ihnen Gutes tun. Dazu gehört der Weihnachtsmann, der den Zauber der Festtage noch verstärkt. Und, wer weiß schon wirklich, ob es den Weihnachtsmann nicht doch irgendwo gibt? Man kann eben nicht alles wissen. Vielleicht ist es wirklich ein Mythos, eine Geschichte, in der die Wahrheit steckt: die Sehnsucht nach Geborgenheit, Anerkennung und Liebe.«

»Wohnst du hier in der Gegend?«

»Nein, ich kommen von ganz weit her.«

»Aha«, meinte Peter und lenkte das Gespräch nach geraumer Zeit auf ein anderes Thema.

»Früher hatte ich mal in einer Band gespielt. Sie war mein ständiger Begleiter, zwanzig Jahre lang. Dann habe ich meine Frau kennengelernt und aufgehört in Bars herumzutingeln. Heute habe ich nach langer Zeit mal wieder das Glück, mich an einer Gitarre festzuklammern. Das gab mir Erinnerungen an früher.«

»Warum spielt ihr nicht öfters mal zusammen«, bemerkte Santa. »Im Frühjahr ist Karneval, plant ein Kostümfest. Feiert runde Geburtstage mit Musikeinlagen und Tanz, macht eine Polonaise mit Musik quer durch die Seniorenresidenz.«

»Ich glaube, das wäre die Idee, mal wieder Schwung in die Bude zu bringen und sich zu amüsieren, wie in alten Zeiten. Wir müssen nur sehen, dass wir irgendwie an Instrumente herankommen.«

»Das lass mal meine Sorge sein«, sprach Santa, klopfte sich mit dem Zeigefinger auf die Brust und sprach dann weiter: »Schließlich bin ich der Weihnachtsmann, schon vergessen? Geht ihr Mal auf die Bühne und bringt den Saal zum Toben.«

»Hä, hä, hä, okay Weihnachtsmann. Ich hätte da noch einen tollen Song für dich, warte mal ab.«

Daraufhin ging Peter mit schmunzelnder Mine zur Bühne.

13. Leise rieselt der Schnee, mir tut's schon im Auge weh

Während Peter sich den Gitarrengurt umschnallte, das Mikrofon richtete, kamen auch die anderen drei Musiker auf die Bühne und bereiteten sich auf die nächsten Gigs vor. Applaus durchströmte den Raum. Ein Mann rief mit scherzhafter Stimme:

»Wenn ihr so weiter macht, werdet ihr noch auf der Bühne sterben.«

»Na besser als bei der Dialyse, oder«, erhielt er als Antwort.

»Noch können wir ganz gut mit unserem Hintern wackeln«, sprach ein anderer Musiker.

Alles lachte und klatschte. Dann der Musikwunsch einer Dame:

»Spiel doch mal bitte dieses eine Lied. Das ist so ein Lied, das hab ich gestern Nachmittag im Radio gehört, weißt du welches ich meine? Das ist so richtig schön zum Tanzen.«

Peter wusste bestimmt, welches Lied gemeint wurde. Er kennt sie alle, seine Mitbewohner und deren Musikgeschmack. Dann schlug er wie ein Alt-Rock'n'Roller die Saiten seiner Gitarre mit dem Plektrum an. Man merkte sofort, dass er kein weich gespülter Gesangsschlumps war, dass er nicht zu den Musikern gehört, die jeden etwas lauteren Gitarrenakkord gleich als Punk bezeichnen. Es wurde ruhig im Raum. Alle hörten dem ausklang der Saite zu. Dann verstummte sie und Peter erhob das Wort:

»Ich möchte jetzt ein Lied für unseren Gönner spielen, der uns dies hier alles ermöglichte, der uns in Erinnerungen schwelgen und in Tagträume sinken lässt. Ein Lied für unseren Weihnachtsmann, den wir alle nur mit dem Namen Santa kennen.«

Wieder war ein Trommelwirbel zu hören, der mit einem Schlag auf das Effektbecken endete. Dann sprach Peter weiter:

»Heute war einer der Tage, die mich wieder jung gemacht haben. Und heute ist mir auch bewusst geworden, dass mein Enkel mich gerne alter Sack nennen kann, oder meinetwegen auch Tattergreis, am liebsten natürlich Opa – aber niemals altersschwach, verkalkt oder senil.«

Peter ließ das Plektrum über die Saiten seiner Gitarre streichen und zeitgleich stimmten die anderen Musiker in die erste Passage des Musikstückes ein. Es war der größte und auch bekannteste Erfolg von Andrea Berg mit dem Titel: *Du hast mich tausendmal belogen, du hast mich tausendmal verletzt.* Doch erst als der eigentliche Text anfing, begriff Santa, warum ihm das Lied zugeschrieben wurde. Der Text wurde verändert mit dem Refrain: *Du hast dich tausendmal gewogen, du machtest tausendmal Diät*. Santa war sehr gerührt, auch wenn der Text doch sehr an die Inkonsequenz seine Essgewohnheit erinnerte.

Aber es blieb nicht nur bei dem einen umgetexteten Lied. Aus: *Ein Stern, der deinen Namen trägt,* wurde: *eine Frau, die mich nach Hause trägt* und aus *Living next door to Alice: Ober zack'n Helles.*

Auch vor weihnachtlichen Rhythmen wurde kein haltgemacht und so wurde Pfarrer Eduard Ebel's Lied geändert in:

Lei - se rie - selt der Schnee,
mir tut's schon im Auge weh -.
Weih – nacht - lich glänzt der Asphalt,
freu - e dich, ADAC kommt bald.

Oder: O Tannenbaum, oh Tannenbaum, wie grinsen deine Blätter.

Es war eine prächtige Stimmung, wie man sie sonst nur von Konzerten mit zig Tausenden Besuchern kennt. Die Band sorgte für beste Unterhaltung und für spontane Tanzeinlagen des gereiften Publikums. Mit Bill Harley und Co. brachten sie den Saal fast zum Explodieren und die Ausdauer, das Durchhaltevermögen der

Beteiligten war enorm.

»Ist schon ein tolles Quartett, die vier älteren Herren«, sprach der Office-Commander.

»Ja, wenn die von Ärzten reden, denken sie nicht an Spritzen, sondern eher an die Berliner Punkband.«

Zwischendurch wechselten sich die Musiker immer mal wieder mit den Wichteln ab, um Verschnaufen zu können. Santa hatte sich inzwischen ein kühles Bier besorgt und setzte sich an den Tisch. Er beobachtete die Männer, wie sie tanzten. Und links und rechts und vor und zurück, hieß es. Eine andere Dame wollte am Anfang einfach nicht tanzen, weil sie der Meinung war, sie könne es nicht. Aber als sie erstmal angefangen hatte, hörte sie gar nicht mehr auf.

Ein paar Damen rückten zu Santa auf, wobei eine neugierig fragte:

»Sind sie wirklich der Weihnachtsmann?... ich meine sie sehen ja schon so aus.«

»Dann müsste er ja steinalt sein und so alt ist er nun ja wirklich nicht«, konterte eine andere Dame.

»Ja aber warum dann die Maskerade?«

»Weil es einfach ein schöner Brauch ist und es vor allem für die Kinder schön ist, etwas zu haben, an das sie glauben können«, erwiderte Santa. »Ganz gleich, ob es echt oder nur gespielt ist.«

»Der Enkel meine Freundin, der Frechdachs, hatte immer gesagt, dass es den Weihnachtsmann gar nicht gäbe und das die Geschenke von den Eltern kommen.«

»Das ist doch Quatsch«, erboste sich eine der Damen.

»Nein, nein«, mischte sich Santa ein. »Er hat recht. Für ihn gibt es wirklich keinen Weihnachtsmann, weil er zu seinen Eltern nicht lieb ist und in der Schule nichts tut. Darum kommt der Weihnachtsmann nicht zu ihm und seine Eltern müssen die Geschenke selber besorgen.«

Die Damen überlegten, ließen sich die Worte auf der Zunge zergehen, bis eine sprach:

»Klar ist doch logisch, oder?«

Santa prostete den Damen zu und trank die Neige seines Bieres aus, während die Damen an ihr Weinglas nippten. Da kam Peter an den Tisch, in der Hand zwei Schnäpse und zwei Biere. Er erzählte von seiner Leidenschaft, von Alvin Stardust, Bill Harley, Santana, den Byrds und natürlich von dem King of Rock 'n' Roll Elvis Presley.

Nachts habe er vor dem Radio gesessen und die Texte mitgeschrieben. Den Rhythmus, den konnte er auf Anhieb. Das alles würde er gern wieder spielen, aber mit seiner uralten Gitarre lässt sich das kaum machen.

Inzwischen hatten sich auch die anderen Musiker zu Santa gesetzt und auch ihre Leidenschaft für die Musik fing bereits in der Jugend an, damals, als der Rock 'n' Roll begann. Aber wie auch bei echten Musikern ist auch bei den Männern das Leben von Höhen und Tiefen geprägt gewesen. Angefangen bei dem einen von einer Selbstständigkeit, wo der Partner mit dem gesamten Geld abgehauen ist, über eine angeschlagene Gesundheit des anderen bis hin zu einer Scheidung nach zwölf Jahren Ehe.

Jetzt aber haben sich die Vier hier in einer Seniorenanlage gefunden, hier, wo sich bisher jeder in seinem Einzelzimmer verschlossen hatte. Eine neue Aufgabe besteht ihnen bevor, eine Band zu gründen und Musik zu machen, zu jeder Gelegenheit.

»Wir haben uns vorgenommen, eine Tombola zu organisieren, um etwas Geld für Instrumente zu bekommen«, bemerkte der Schlagzeuger.

»Es gibt nichts Schöneres, als sich nach und nach selbst was zu erarbeiten«, zitierte

Peter.

»Wie ich schon zu dir sagte, Peter«, unterbrach ihn Santa. »Dass mit den Instrumenten lass ruhig meine Sorge sein, schließlich bin ich der Weihnachtsmann.«

Peter saß da und man sah, wie tausend von latenten Fragezeichen über seinem Kopf schwebten, als wenn er sich die Frage stellte: Ist er wirklich der Weihnachtsmann oder nur ein Fettsack mit Bart und roten Mantel?

Die Stimmung war auf Hochtouren und nach ein paar Gläsern war auch Santa recht vergnügt. Dann kam die Zeit, wo sich der Saal leerte und zum Schluss nur noch Santa mit den Wichteln und zwei anderen am Tisch saß.

»Für misch is trinken koan vergügn, saste de Winzär, zondern harte Berufsabbeit, hä, hä, hick«, sprach einer der beiden, der offensichtlich früher mal Weinbauer gewesen war. Dann erhob er sich, und es schien, als wenn sich auf einmal alles um ihn drehen würde, als wenn der Boden leicht unter ihm wankte. Dabei sprach er:

»Uffa, is dat ein Windtt heude, ka man kaum mer stehn.«

Auch der Zweite erhob sich und meinte:

»Isch glaub, isch musse nach Hause, de

Busch fährt nich alene. Kommste mit?«

»Jetzzz«, fragte der andere.

»Jo, wat dann sonscht!«

»Ick happ …, haff …, jene Ahnung, wi soll ich chen dat wiisen?«

Dann hakten sich die Männer ein und torkelten so langsam durch die Tür hinaus. Dabei unterhielten sie sich weiter:

»Fäscht du den Fastull, oder soll isch ihn foarn?«

»Dat is mir ejal.«

Kurz darauf verschwand auch Santa und mit ihm die Wichtel. Die Dekoration ließ er in den Raum verweilen, als Erinnerung an einen ganz besonderen Tag.

14. Schließlich bin ich der Weihnachtsmann

Der nächste Morgen kam. Eigentlich ein Morgen wie jeder andere, doch der Schein trübt. Santa hatte Kopfschmerzen. Die Getränke gestern waren alkoholisch, erzeugten einen unangenehmen Rausch, der nicht schmerzfrei an Santa vorbeiging. Es war eigentlich nichts anderes zu erwarten.

Bevor er sich aus dem Bett erhob, konzentrierte er sich darauf, seine Augen zu öffnen. Vorsichtig, um sich nicht von dem gleißenden Licht seines Sehvermögens beraubt zu werden, machte er seine Lider auf. Zu seinen Kopfschmerzen gesellte sich noch eine Orientierungslosigkeit. Seine Augen wanderten durch den Raum, erblickten Gegenstände, die alltäglich waren, die ihm geläufig sind und so war der erste Eindruck schnell gefasst. Er befand sich zu Hause.

Draußen war es hell. Durch die Gardine schien das Tageslicht. Einen Augenblick lag er grübelnd da, dann fiel es ihm wieder ein. Weihnachten in der Seniorenresidenz, mal anders feiern. Das war also die Ursache seiner Kopfschmerzen, ein übermäßiger Alkoholgenuss. Natürlich hat Santa nichts vom gestrigen Abend vergessen, denn sein Verstand war gesund genug, sich an alles zu erinnern.

Alkohol. Santa trinkt für gewöhnlich nicht, naja mal ein Gläschen Wein vor dem Kamin, aber alles in Maßen. Umso mehr prägt einem so ein Erlebnis und lenkt das weitere Dasein in Bahnen, mit der man nicht rechnet. So sind erste Erfahrungen prägnant, der erste Sex in der Jugend, die erste Zigarette, bestimmte Essgewohnheiten und der erste Rausch.

Bewegungslos lag er immer noch da und dachte gerade daran, was wohl passieren würde, wenn ihn jetzt und hier ein Vampir aussaugt. Ob der dann auch besoffen ist?

Plötzlich klingelte der Wecker. Das Läuten dieser Foltermaschine dröhnte in Santas Kopf, als wenn er unter einer Kirchturmglocke stehen würde und unten jemand an der Schnur zieht, damit es oben läutet. Santa winselte:

»Ist ja gut, ist ja gut« und tastete nach dem Teufelsding. Doch sobald sich sein Arm nur einen Millimeter bewegte, fühlte sich sein Kopf an, als würde er kurzfristig explodieren.

Der Krach verhallte. Einige Augenblicke blieb er noch liegen, völlig überfordert mit der Situation. Zahlreiche Gedanken schossen ihm durch den Kopf. Die Tatsache, dass er letzte Nacht kaum geschlafen hatte, wirkt sich nicht gerade positiv auf seine Verhaltensweise aus. Seine innere Stimme warnte ihn, nicht so starr daher zu schauen und so entschloss er sich, aufzustehen.

Schlaftrunken wandelte er ins Badezimmer. Nachdem er sich einigermaßen landfein gemacht hatte und kurz noch einen ätzenden Blick in den Spiegel geworfen hatte, rief er über die interne Interkomanlage das Personalrestaurant:

»Elfe Elif, bitte ein Sechs-Gänge-Menü: einen Kaffee, einen besonders starken Kaffee, einen Auferstehungskaffee, kolumbianisch, anregend und schwarz, sowie fünf Kopfschmerztabletten, danke.«

Sekunden vergingen. Dann ging die Tür auf und das junge Ding mit dem rot-grünen Samtkleid und dem breiten Gürtel, der besonders ihre Figur betonte, betrat den Raum. Sie hatte Augen, die so blau waren wie der Ozean, wenn man ihn vom Mond aus betrachtet. Mit ihren aufregenden netten verführerischen Lächeln, dass sie immer parat hatte, war sie bei den Wichteln besonders beliebt.

»Guten Morgen Santa. Hier dein Kaffee …, besonders stark, kolumbianisch, anregend und schwarz … mit wenig Zucker …, aber viel Sahne und fünf Kopfschmerztabletten«, sprach sie, worauf Santa antwortete:

»Danke mein Kind. Sei bitte noch so lieb, und rufe mir Melvin den Office-Commander her.«

Daraufhin verschwand sie und geraume Zeit später erschien auch schon der Office-Commander. Santa schluckte die ersten drei Pillen und spülte sie mit dem besonders starken, kolumbianischen, anregenden schwarzen Kaffee herunter, während Melvin über die Folgen eines Alkoholgenusses sprach, als wenn es ein Comicstrip in einem Taschenbuch wäre.

»Es sind nur Kopfschmerzen nichts weiter«, erwähnte Santa, schluckte die restlichen Pillen und spülte sie abermals mit der schwarzen Mokkabrühe herunter.

»Die Instrumente von gestern«, sprach Santa dann weiter, »ich möchte das Sie festlich verpackt werden und das sie einem Kurierdienst übergeben werden, der es dann dem Seniorenheim zustellen soll.«

»Ich hatte mir so was schon gedacht«, erkannte der Office-Commander. »Das Paket ist bereits unterwegs, mit einem persönlichen Gruß von dir und wird noch heute ausgeliefert.«

»Schau an, wie gut du mich doch kennst«, bewunderte es Santa.

Es war bereits Nachmittag, als das Kurierfahrzeug vor der Residenz anhielt und der Fahrer einige Kartons auf die Sackkarre lud. Ein Model mit drei Sternrädern, das für ein reibungsloses Abrollen über die Stufen sorgte. Oben angekommen klingelte er erstmal an der Haustür. Nach geraumer Zeit öffnete eine der Betreuerin die Tür.

»Ich habe hier einige Pakete für einen Musiker namens Peter.«

»Moment mal«, sprach sie und verschwand.

Kurze Zeit später erschien Peter und schaute etwas verdutzt.

»Sind sie der Musiker Peter?«

»J-j-a-a-a.«

»Eine Paketsendung für sie.«

»Für mich?«

»Ja für sie!«

Er führte seinen Barcodescanner, ein Warenerfassungsgerät, über den Strichcode der Packstücke und ließ die verschiedenen schmalen und breiten parallelen Striche ablesen. Dabei fragte er:

»Ist das hier ein Altersheim?«

»So was Ähnliches.«

»Mir kommt so eine Anstalt immer wie ein Gefängnis vor. Kleine Räume, jeden Tag eine Dusche, überall Videoüberwachung, falls mal was passiert. Dann drei Mahlzeiten am Tag, Zutritt zur Bücherei, einen Fernseher, einen Computer, ein Fitnessstudio und Ärzte Vorort mit kostenloser Medizin. Und um neunzehn Uhr ist Nachtruhe und dafür verlangen die dann horrende Mietpreise. Naja, wenn es nicht so traurig wäre, könnte man darüber lachen.«

»Junger Mann, was sie da sagen, das stimmt nicht so ganz. Was sie ein Gefängnis oder eine Anstalt nennen, das ist für uns hier die letzte Heimat und glauben sie mir mein Junge, sie ist für manch einem nicht die schlechteste.«

»Na ja, so hab ich das nicht gemeint.«

Daraufhin hielt er Peter den Scanner und einen Schreiber hin und bat ihn:

»Bitte bestätigen hier sie hier den Empfang.«

»Aber ich habe doch gar nichts bestellt«, entgegnete Peter. »Von wem soll das sein?«

Der Fahrer blätterte auf seinem Klemmbrett einige Seiten um und sprach:

»Kann hier nichts erkennen, aber ein Brief lag den Paketen bei.«

Er öffnete die am Karton angeklebte Lieferscheintasche, holte den Brief heraus und gab ihn Peter. Während er ihn öffnete, fanden sich immer mehr Mitbewohner der Seniorenresidenz ein, um dieses Spektakel mitzuverfolgen. Langsam entfaltet Peter den Brief. Er überflog ihn kurz und bestätigte daraufhin durch Unterschrift auf dem Scanner den Erhalt der Ware.

»Frohe Weihnachten«, rief noch der Fahrer und verschwand mit seiner Sackkarre.

Zufrieden und sinnlich betroffen zugleich stand Peter im Foyer der Seniorenresidenz und starrte die Pakete an. Er dachte an seine Kindheit zurück, an die Weihnachtstage mit seiner Familie, an Mama, Papa, an seine Schwester, an seinen Hund und an die Geschenke, die er unter dem Tannenbaum standen.

Neugierig standen die Mitbewohner neben ihm und warteten auf das, was kommen wird. Doch es kam nichts und so riss Gerda mit ihrer durchdringenden Stimme Peter aus seinen Gedanken.

»Was steht denn da in dem Brief«, wollte sie wissen und so faltete Peter den Brief wieder auseinander und las die wenigen Zeilen vor, die dort standen:

*"Wie ich schon sagte,
dass mit den Instrumenten lass ruhig meine Sorge sein,
schließlich bin ich der Weihnachtsmann.
Frohe Weihnachten!"*

Weitere Bücher des Autors, zu beziehen über www.bod.de oder über Buchhandel mit ISBN: 978-3-7347-3083-2

Ein Konkurrent sollte ausgeschaltet werden, ein Unterfangen, das zu scheitern drohte. Doch es wurde eine miese Tour gefahren, eine Tour, die ihn immer tiefer in den Sumpf der kapitalverbrechenden Taten und hinterhältigen Korruptionen zog und einen rivalisierenden Bandenkrieg auslöste.

Zu beziehen über www.bod.de oder über Buchandel mit ISBN: 978-3-7347-7356-3

Dies ist Geschichte einer Mücke, die gemeinsam mit ihren Freundinnen Mona Moskito und Alma Schnake, sich mit dem Menschen einen Kampf bis auf Blut liefern, nur um an roten Hämoglobinsaft zu kommen, der für die Produktion ihrer Eier essenziell ist.

Zu beziehen über www.bod.de oder über Buchhandel mit ISBN 978-3-7386-2334-5

Es war die Idee, Versicherer auf die kühnste Art mit fiktiven Verträgen zu betrügen und anschließend mit einer siebenstelligen Summe im Ausland in Saus und Braus zu leben. Der Plan schien aufzugehen, doch der Partner kam dem Vorhaben zuvor, plünderte die Konten und verschwand ins Ausland.